송홍만 제21시집

한 사람이 세 사람을 편안하게 해요

국립중앙도서관 출판예정도서목록(CIP)

한 사람이 세 사람을 편안하게 해요 : 송홍만 제21시집 / 지은이: 송홍만. -- 서울 : 한누리미디어, 2017
p. ; cm

ISBN 978-89-7969-766-7 03810 : ₩10000

한국 현대시[韓國現代詩]

811.7-KDC6
895.715-DDC23 CIP2017032868

송홍만 제21시집

한 사람이 세 사람을 편안하게 해요

한누리미디어

성경 66권을 읽으며 마음 뜨겁던 말씀을
한 권에 몇 수씩을 나름대로 정리를 마치고
원고를 출판사로 보내려다가
이번에는 나의 부족함이 느껴져 주저하면서
이미 출간한 시집들 20권을 며칠 동안 읽고 나서 생각하니,
한 수 한 수를 20년 동안 쓰면서
나름대로 뇌경색 등으로 쇠약한 몸과 마음
세월 가는 줄도 모르게 즐거웠음을 깨닫고
주신 은혜 땅에 묻어두는 악하고 게으른 자 되지 않으려고
용기를 내어 출판을 결심하였습니다.

독자 여러분께서 이 점을 어여삐 보아
말씀만을 되새기는 기회 되시길 기원합니다.
이번에도 한누리미디어 김재엽님께 감사를 드립니다.

2017. 12. 15

송홍만 올림

차례

1 창세기에서 요한계시록까지

Contents

차례

Contents

1

창세기에서 요한계시록까지

오늘의 바벨탑

홍수 후에 노아의 아들 셈, 함, 야벳의 자손들이
동방으로 옮겨가다가 시날 평지에 거류하며
돌 대신 벽돌을 만들어 성읍과 탑을 건설하여
탑을 높이 쌓아 이름을 내고 흩어지지 말자 한다(창11:4)

사람들에게 찬양 받으시길 원하시고
생육하고 번성하여 온 땅에 충만하길 바라신
하나님의 뜻을 거슬리자 언어를 혼잡하게 하여
일을 못하게 흩으셨음을 기억하라

우주개발, 핵무기, 인공지능개발, 동성애
창조질서를 파괴하는 오늘 우리들의 일들
하나님의 영광과 땅 위에 평화를 저버리며
바벨탑 쌓는 것은 아닐는지 심히 두렵도다

하나님 사랑하시는 모든 생명을
핵무기 만들어 멸절하려는 자들
하나님의 진노를 어찌 감당할 수 있으랴
깊고 자비로우신 하나님 평화를 주소서

범사에 형통함

야곱의 아들 요셉은 형들이 판 구덩이에서 죽은 줄 알았으나
상인들에게 팔려 애굽에 살아있었고
애굽왕의 친위대장이 그를 사서 그 집 종이 되었으나
가정 살림을 다 맡은 착실한 총무가 되었고
왕의 죄수를 가두는 옥에 갇힌 중한 죄인으로 알았으나
간수장이 옥중 죄수와 모든 사무를 처리하는 자로 삼았다(창39:23)

사도 바울은 고린도 교인들에게
속이는 자 같으나 참되고
무명한 자 같으나 유명한 자요
죽은 자 같으나 보라 우리가 살아있고
징계를 받는 자 같으나 죽임을 당하지 아니하고
근심하는 자 같으나 항상 기뻐하고
가난한 자 같으나 많은 사람을 부요하게 하고
아무것도 없는 자 같으나 모든 것을 가진 자로다(고후6:8-10)

하나님께서 함께하시면 범사에 형통하게 되도다

다수를 따라 악을 행하지 말라

다수를 따라 악을 행하지 말라(출23:2)
이스라엘 자손이 애굽 땅을 떠나 시내 광야에 장막을 치니
여호와께서 모세와 아론을 부르시어 십계명을 말씀하시며
다수의 의견이라도 악한 일을 행하지 말라 하셨다

우리는 해방되자 '자유' '민주'
북한이 쳐들어오자 '모든 것이 인민의 것'
오늘날은 '촛불집회' 다수의 외침이 들려온다
악한 일인가를 분별하여야만 할 일이다

자비로우신 하나님 아버지
악한 일인가 분별하는 지혜를 주시고
악한 일이면 다수의 의견이라도 행하지 말고
선한 일이면 소수의 의견이라도 행하게 하소서

너희는 거룩하라

여호와께서 모세에게 말씀하여 이르시되
너는 이스라엘 자손의 온 회중에게 말하여 이르라
너희는 거룩하라 이는 나 여호와 너희 하나님이
거룩함이니라(레19:1-2)

너희 각 사람은 부모를 경외하고 안식일을 지키라
너희는 헛된 것들에게로 향하지 말고
너희를 위하여 신상을 부어 만들지 말라
화목제물을 여호와께 드릴 때에 기쁘게 받으시도록 드리라

도둑질하지 말며 속이지 말며 서로 거짓말하지 말며
내 이름으로 거짓 맹세함으로 네 하나님의 이름을
욕되게 하지 말라

우리가 하나님의 성스럽고 위대하심을 바라보며
세상의 예사로운 일과는 구별하는 생활을 하며
선악을 분별하는 지혜로운 행동으로
예수님을 닮아가는 삶이 거룩한 삶이리라

제사장의 축복권

여호와께서 모세에게 말씀하여 이르시되
아론과 그의 아들들에게 말하여 이르기를
너희는 이스라엘 자손을 위하여 이렇게 축복하여 이르되
여호와는 네게 복을 주시고 너를 지키시기를 원하며
여호와는 그의 얼굴을 네게 비추사 은혜 베푸시기를 원하며
여호와는 그 얼굴을 네게로 향하여 드사
평강을 주시기를 원하노라 할지니라
그들을 이같이 내 이름으로 이스라엘 자손에게 축복할지니
내가 그들에게 복을 주리라(민6:22-27)

하나님께서 모세에게 아론과 아론의 아들들에게만
백성들을 하나님의 이름으로 축복을 하라 하셨으니
오늘날 제사장은 언약의 대제사장 예수 그리스도뿐이다

사도 베드로와 요한은 하나님의 언약 백성의 모형으로
성도들이 거룩한 제사장, 왕 같은 제사장이라 하였다
(벧전2:5,9, 계1:6, 5:10, 20:6)

축복한다는 존엄한 권한은 제사장만의 특권이니
축복한다고 경솔하게 사용할 말이 아니라 생각되어
팔십 노인은 하나님께 송구스러움에 가슴 조리도다

모세의 축복

하나님의 사람 모세가 죽기 전에
이스라엘 자손을 위하여 축복함이 이러하니라(신33:1)

여호와께서 시내산에서 오시고, 세일산에서 일어나시고,
바란산에서 비추시고, 일만 성도 가운데에 강림하셨고,
그의 오른손에는 그들을 위해 번쩍이는 불이 있도다

여호와께서 백성을 사랑하시나니
모든 성도가 그의 수중에 있으며
주의 발 아래에 앉아서 주의 말씀을 받는도다

여수룬이여 하나님 같은 이가 없도다
그가 너를 도우시려고 하늘을 타고
궁창에서 위엄을 나타내시는도다

영원하신 하나님이 네 처소가 되시니
그의 영원하신 팔이 네 아래에 있도다
그가 네 앞에서 대적을 쫓으시며 멸하라 하시도다

주님을 구세주로 믿어 하나님의 자녀 된 우리
주님의 축복을 받아 감사 찬송하도다

*여수룬(Jershurun)은 정직하다는
뜻으로 이스라엘의 다른 이름

여호와께서 여호수아에게 말씀하시다

"여호와의 종 모세가 죽은 후에 여호와께서 모세의 수종 자 눈의 아들
여호수아에게 말씀하여 이르시되
내 종 모세가 죽었으니 이제 너는 이 모든 백성과 더불어 일어나
이 요단을 건너 내가 그들 곧 이스라엘 자손에게 주는
그 땅으로 가라" (수1:1-2)
하나님께서 모세와 함께 있었던 것같이 여호수아와 함께 있을 것이니
모세가 네게 명령한 그 율법을 다 지켜 행하라
"이에 여호수아가 그 백성의 관리들에게 이르되
진중에 두루 다니며 그 백성에게 명령하여 이르기를
양식을 준비하라 사흘 안에 너희가 이 요단을 건너
너희 하나님 여호와께서 너희에게 주사 차지하게 하신 땅을 차지하기
위하여 들어갈 것임이니라 하라" (수1:10)
또 르우벤, 갓, 므낫세 반 지파에게 모세가 명령한 대로 처자와 가축을
이 땅에 머무르게 하고 너희 모든 용사는 무장하고 너희 형제보다
앞서 건너가 도와라 그들이 듣고 우리에게 명령한 것을 우리가 다
행할 것이요 오직 하나님께서 당신과 함께하시기를
원하나이다 강하고 담대하소서 한다

새로운 지도자에게 순종을 다짐하며
지도자를 위하여 하나님께서 함께하시길 기도하는 백성들의 모습
참으로 아름다운 시작이로다

축복받은 지도자 여호수아

"이 일 후에 여호와의 종 눈의 아들 여호수아가 백십 세에 죽으매
그들이 그를 그의 기업의 경내 딤낫 세라에 장사하였으니
딤낫 세라는 에브라임 산지 가아스산 북쪽이었더라" (수24:29-30)

젊었을 때부터 하나님의 일에 충성을 다했던 여호수아
가나안 전투를 승리로 이끄는 데 이바지하였고
가나안 땅을 이스라엘 자손에게 분배하였으며
이 모든 일을 하나님의 명령대로 행한 지도자로다

흠이 없었고 강하고 담대하게 하나님의 일을 감당하며
모세의 율법을 충실히 지켰고
하나님은 그에게 신실하심을 나타내셨도다

그의 앞에 항상 하나님이 동행하셨으며
심지어 하나님께서 그의 말을 듣고서
그대로 응답도 하셨도다(수10:14)

참된 하나님의 종 여호수아
지금 생각하니
예수 그리스도의 예표가 분명하도다

가나안 일부 족속을 남겨두신 뜻

여호와께서 가나안의 모든 전쟁들을 알지 못하는 이스라엘을
시험하려 하시며(삿3:1)

하나님께서 가나안 땅에 불레셋, 시돈, 히위족속을 남겨 두신 것은
가나안 땅을 한꺼번에 정복하면 그 넓은 땅을 이스라엘이 관리하지
못하여 황폐하게 되는 것을 방지하기 위함이요

이스라엘에게 가나안 땅에 들어가면 그곳에 살고 있는 이방족속들을
쫓아내라 하신 명령을 순종하는지를 보기 위함이요

아직 전쟁을 알지 못하는 세대에게 전쟁에 대한 것을 배우게 하기
위함이었다

내 마음 속에 간간이 되살아나는 부끄러운 것들
기억하기조차 싫은 것 한 번에 다 사하여 주시면
연약한 내 마음 교만하여 다시 돌아갈까,
하나님을 사랑하는지를 지켜보시려고, 그리고
아직 어린 믿음의 걸음 단련케 하시려는 줄 믿습니다

룻이 보아스와 결혼하다

이에 보아스가 룻을 맞이하여 아내로 삼고 그에게 들어갔더니
여호와께서 그에게 임신하게 하시므로 그가 아들을 낳은지라(룻4:13)
아이의 이름은 오벳이라, 이새의 아버지요 다윗의 할아버지이다

나오미가 룻과 보아스의 헌신적인 사랑을 통하여
공허하고 안식이 없던 삶을 살다가
충족하고 안식이 가득한 삶을 살았던 것같이
이스라엘 백성들은 다윗의 정신적인 사랑을 통하여
안식 없는 삶에서 안식 있는 삶으로 변화되었도다

오늘 우리는 예수 그리스도를 구세주로 믿어
영생을 누리기를 소망하며
공허하고 두려운 삶을 살다가
안식 있는 삶으로 변화되기를 소망하며 사나이다

사무엘의 마지막 당부

이제 너희가 구한 왕, 너희가 택한 왕을 보라
여호와께서 너희 위에 왕을 세우셨느니라(삼상12:13)

왕은 이방민족의 침략을 해결하지 못하는 것이니
여호와를 경외하지 아니하고 말씀을 거역하면
왕정시대에 이스라엘도 징벌하실 것이니
여호와께서 이스라엘의 왕이라는 신앙을 가지라

사무엘은 너희를 위하여 기도하기를 쉬는 죄를
여호와 앞에 결단코 범하지 아니하고
선하고 의로운 길을 너희에게 가르칠 것인즉
너희는 여호와께서 너희를 위하여 행하신
그 큰 일을 생각하여 오직 그를 경외하며
너희 마음을 다하여 진실히 섬기라 당부한다

팔십이 되도록 대통령이 중책을 인수인계할 때면
모두가 침략자 또는 점령자의 사나운 모습들뿐이라
사무엘이 사울에게 당부하는 아름다운 모습 그립도다

다윗과 다윗왕국에 대한 하나님의 약속

"그 밤에 여호와의 말씀이 나단에게 임하여 이르시되
가서 내 종 다윗에게 말하기를 여호와께서 이와 같이 말씀하시되"

(삼하7:4-5)

여호와께서 주위 모든 원수를 무찌르사 평안할 때에
다윗이 선지자 나단에게
나는 백향목 궁에서 이렇게 살고 있는데
하나님의 궤는 아직도 휘장 가운데 있어 마음이 아프오 하니
나단이 다윗왕에게 여호와께서 함께하시니
마음에 있는 모든 것을 행하소서 한다

바로 그날 밤 하나님은 나단을 통하여 약속을 주셨다
항상 다윗과 함께하여 위대하게 하리라(7:9)
모든 원수에게서 벗어나 편히 쉬게 하리라(7:10-11)
다윗의 아들로 하여금 성전을 건축하게 하리라(7:11-13)
다윗의 집과 그의 나라가 영원히 견고하게 하리라(7:16)

다윗의 나라가 영원히 견고하게 하리라는 약속은
다윗의 나라뿐만 아니라,
예수님 오셔 이루어 주신 하나님의 나라도 견고하게
하시리로다

사르밧 여인의 믿음

하나님의 왕국과 사탄의 왕국이 전쟁 중이던
이스라엘 아합왕 때에
여호와의 말씀이 엘리야에게 임하여(왕상17:8)

하나님의 인도하심을 따라 사르밧으로 가서
가난하지만 자비로운 여인을 만나
떡 한 조각과 물 좀 달라고 하니 그 여인은
가루 한 움큼, 기름 조금, 나뭇가지 둘을 주워다가
음식 한 번 먹고 아들과 함께 죽으련다고 한다

엘리야는 우선 내게 떡 한 개를 달라고 하며
하나님의 말씀에 비를 내리는 날까지
네가 가진 통의 가루가 떨어지지 아니하고
병에서 기름이 없어지지 아니하리라 하셨으니,
두려워 말라고 하였다

사르밧 여인은 이방인이지만 하나님의 말씀을 믿고
순종하는 것이 생명의 길로 들어가는 것임을 깨닫고
순종하니 그대로 되는 놀라운 체험을 한다

이스라엘의 멸망

"이 일은 이스라엘 자손이 자기를 애굽 땅에서 인도해 내사
애굽의 왕 바로의 손에서 벗어나게 하신
그 하나님 여호와께 죄를 범하고 또 다른 신들을 경외하며
여호와께서 이스라엘 자손 앞에서 쫓아내신 이방 사람의 규례와
이스라엘 여러 왕이 세운 율례를 행하였음이라" (왕하17:7-8)

이스라엘과 유다가 여호와의 명령을 지키지 아니하여
하나님께서 버리사 괴롭게 하시며 남북으로 찢어 나누시어
큰 죄를 범하게 하시매 앗수르에게 망하게 되었다

오늘 우리 배달민족은 하나님을 경외하지 아니하여
세계 제2차대전을 일으켜 남북분단의 징벌을 받고 있으나
핵무기, 금덩이 우상에 빠져 칠십 년이 지나도록 깨닫지 못하여
팔십 노인은 조용히 두 손 모아 기도할 뿐이로다

다윗이 이스라엘과 유다의 왕이 되다

"이에 이스라엘의 모든 장로가 헤브론에 있는 왕에게로 나아가니
헤브론에서 다윗이 그들과 여호와 앞에 언약을 맺으매
그들이 다윗에게 기름을 부어 이스라엘의 왕으로 삼으니
여호와께서 사무엘을 통하여 전하신 말씀대로 되었더라" (대상11:3)

다윗은 온 인류에게 복의 근원이 되는 제사장 왕국의 중보자로
하나님께서 세우신 왕으로 백성의 목자요 구원자이다
다윗은 이스라엘의 왕으로서 먼저 시온성을 정복하였으니
시온성은 구약에서 하나님이 좌정하시어
이스라엘과 온 우주를 통치하시는 보좌가 있는 곳으로
다윗은 그 통치의 대행자로서 부름 받아 세워진 자이다

그 뿌리에서 메시아의 싹이 솟았으니
이는 온 인류의 구원자로 오신 하나님의 아들
예수 그리스도시로다

솔로몬에게 주신 언약

솔로몬왕이 여호와의 전과 왕궁 건축을 마치고
봉헌기도를 한 후에 장막절을 지키고 났다

"밤에 여호와께서 솔로몬에게 나타나사 그에게 이르시되
내가 이미 네 기도를 듣고 이곳을 택하여
내게 제사하는 성전을 삼았으니" (대하7:12)

비를 내리지 않거나, 메뚜기, 전염병의 징벌이 내리거든
내게 속한 백성답게 악한 길에서 떠나
겸손히 구하면 죄를 사하리라

그러나 내 율례나 명령을 버리고 다른 신을 섬기면
이 땅에서 뿌리를 뽑아내고 이 성전을 내 앞에서 버리리니
주신 복도 차버린 백성이라고 조롱을 당하리라

네가 아버지 다윗이 행한 것같이
내가 명령한 모든 것을 행하여 율례와 규례를 지키면
전에 네 아버지 다윗과 언약한 것과 같이
이스라엘의 왕이 네게서 끊어지지 아니하리라

유다와 이스라엘의 왕들

솔로몬왕이 죽고 그의 아들 르호보암이 왕위에 오르자,
이스라엘 10지파가 여로보암을 이스라엘의 왕으로 세운다

이스라엘은 제 19대 호세아왕 때 BC 722 앗수르에게 망하였고
유다는 제 20대 시드기야왕 때 BC 586 바벨론에게 망하였다

선하기만 하였던 왕도 없었고
악하기만 하였던 왕도 없었다

군인 우리아를 죽이고 그의 아내 밧세바와 결혼하였던
죄를 일찍 깨닫고 침상이 눈물로 젖도록 회개를 한
다윗왕의 길을 잠시라도 걸어간 왕이 종종 보이곤 하였다

다윗의 뿌리에서 하나님의 독생성자 예수 그리스도께서 오셨으니
이 분이 우리를 바른 길로 가도록 인도하여 주실 분임을 믿으면,
마음으로 하나님이 다스리시는 나라를 체험하며
주님 다시 오시는 날 깨끗하다는 심판을 받아
영원무궁하고 완전무결한 하늘나라 백성이 되리로다

에스라가 예루살렘에 이르다

"이 일 후에 바사왕 아닥사스다가 왕위에 있을 때에
에스라라 하는 자가 있으니라 그는 스라야의 아들이요
아스라의 손자요 힐기야의 증손이요" (스7:1)

유다와 예루살렘에 거주하는 유다 사람들이 성전 건축을 다시 하여
성전 봉헌을 하고 유월절을 지킨 후에 바사왕 아닥사스다 때
대제사장 아론의 십육 대 손 에스라가 있으니
그는 제2차 귀환민들과 함께 예루살렘으로 올라왔다

에스라가 여호와의 율법을 준행하며 율례와 규례를
이스라엘인에게 가르치기로 결심하였다
여호와의 계명의 말씀과 이스라엘에게 주신 율례를 연구한
학자 겸 제사장인 에스라에게 아닥사스다왕은
이스라엘에 대하여 철두철미한 도움을 주겠다는 조서를 내렸다

하나님은 아닥사스다왕의 마음에
예루살렘 성전을 아름답게 할 뜻을 두게 하시고
또 에스라가 아닥사스다왕에게 도움을 얻게 하셔
하나님의 구원역사, 이스라엘에 대한 사랑에 감사하며
하나님께 영광의 찬양을 올리고 있도다

느헤미야가 예루살렘을 두고 기도하다

"하가야의 아들 느헤미야의 말이라
아닥사스다왕 제 이십 년 기슬르 월에 내가 수산궁에 있을 때" (느1:1)

바사(페르시아)왕 아닥사스다 때 수산궁(페르시아의 겨울궁전)에서
느헤미야가 왕의 술을 관리하는 관리로 근무할 때에
유다에서 온 하나님을 만나 고향소식을 물으니
남아 있는 사람들은 환난과 능욕을 당하고
예루살렘성은 불타 허물어졌다는 말을 듣고 슬퍼하며
하나님 앞에 금식기도를 드린다

우리 이스라엘 자손이 하나님 앞에 지은 죄를 자복하오니
종의 기도를 들어 주시옵소서
전에 주께서 모세에게 명령하신 말씀을 기억하오니
너희가 범죄하면 여러 나라 가운데 흩을 것이요
돌아와 내 계명을 지켜 행하면 돌려보내 주신다 하셨습니다
주께서 택하신 백성들을
예루살렘으로 돌아가는 은혜를 입게 하소서

느헤미야는 백성들의 죄를 자신의 죄로 고백하고
이스라엘 백성의 회복을
하나님의 언약대로 은혜를 받기를 호소하도다

깊이 생각하는 느헤미야

"그때에 백성들이 그들의 아내와 함께 크게 부르짖어
그들의 형제인 유다 사람들을 원망하는데" (느5:1)

성벽재건공사를 방해하는 적대세력을 방어하자,
백성들이 유다 사람들을 원망을 한다

느헤미야가 이를 듣고 크게 노하였으나
깊이 생각하니 성벽공사 때문이 아니라
유다 백성들 사이에 사랑이 부족했기 때문임을 알았다
특히 부유층과 지도층 사람들에게 문제가 있었다
그들은 동족의 어려운 생활과 헌신적인 희생을 발판으로
오히려 사리사욕만을 얻으려 하였다

그리하여 폭리로 토색한 것과 저당 잡은 것들을 돌려주고,
이득을 얻으려는 욕심을 없애는 해결책을 내세워
모든 회중들이 실천하도록 하였다

느헤미야는 페르시아제국의 충성되고 유능한 관리였을 뿐 아니라,
하나님의 거룩한 백성들에게는 훌륭한 신앙지도자였도다
백성들과 동고동락한 것은 자신이 하나님을 경외하기 때문이라 한다
진정한 기독교인은 국가나 교회 모든 면에서 이를 본받을 일이로다

놀라우신 섭리

이스라엘은 호세아왕 때 앗수르에게 망하고, 유다도 멸망 직전에
여고냐(여호야긴)왕이 바벨론으로 사로잡혀가고 있는 백성 중에
모르드개도 그의 형 내외와 가다가 형 내외가 죽어 어린 조카 에스더를
데리고 살게 된다

세월이 많이 흘러 바벨론을 포함한 근동지역과 인도 일대를 통치하는
바사(페르시아) 대제국의 아하수에로왕은 방백들을 모아 잔치를 벌려
주홍이 무르익으면 왕후의 아름다움까지 자랑하곤 하는데
하루는 왕후가 나오지 않자 폐위하라는 간청을 수락하고
왕후 간택에서 에스더가 왕후가 된다(에2:17)

모르드개가 대궐 문에 있다가 우연히 왕을 암살하려는 음모를 듣고
에스더를 통하여 왕에게 알려 암살을 방지하게 된다

하만이 총리가 되니 모든 신하와 백성들이 절하였으나,
모르드개는 그가 이스라엘이 출애굽 후에 가장 힘들게 했던 아말렉의
후손임을 알고 절하지 아니하니
하만은 모르드개가 유대인임을 알고 그들의 율법에 따라 왕에게 충성
하지 않는다는 이유로 나라 안에 있는 그들을 전멸할 준비를 마치었다

모르드개는 이 사실을 에스더에게 전하며
동족의 생명을 위하여 목숨을 아끼지 말라

네가 왕후가 된 것이 이때를 위함인지 누가 알겠느냐 하니
에스더는 금식기도를 드리고 죽으면 죽으리니 나가리다 하고
왕궁 안뜰에 서니 왕이 보고 매우 사랑스러워 금규를 내민다
왕이 소원을 묻자 에스더는 잔치를 베풀어 아뢰리니 그때에
하만과 함께 오소서 라고 공손하게 대답을 한다

그날 밤에 왕이 잠이 오질 않아 역대일기를 읽히었더니
내시가 왕, 바로 자신을 암살하려는 음모사건을 모르드개가 고발하여
흉악한 일을 미리 막았고 그 모르드개에게 포상이 없었음을 알게 된다

왕이 하만과 함께 잔치에서 술을 마시며 소청을 물으니
왕이여 내 생명을 살려주시고 내 민족을 구하여 주소서
나와 내 민족이 전멸함을 당하게 되었나이다
그 대적이 바로 이 하만이라고 대답을 한다

모르드개와 에스더가 유다왕과 함께 바벨론으로 잡혀온 일
에스더가 바사(페르시아) 대제국 왕후가 된 일
모르드개가 바사왕의 암살 음모를 보고 방지하게 된 일
총리 하만이 모르드개가 미워 유대인들을 전멸할 준비를 한 일
에스더가 죽음을 각오하고 동족을 구원할 결심을 하게 된 일
왕이 흉악한 일을 미리 막은 기록을 읽히게 하여 듣게 된 일

이 모든 일들로 나라 잃은 유대민족을 악한에게서 구원하셔
이 땅에 하나님의 나라를 이루실 예수 그리스도를 보내 주셨으니
놀라우신 하나님의 크신 섭리로다

주의 장막에 머무를 자

"여호와여 주의 장막에 머무를 자 누구이오며
주의 성산에 사는 자 누구이니이까" (시 15:1)

정직하게 행하는 자
공의를 실천하는 자
그의 마음에 진실을 말하는 자

남을 탓하지 아니하는 자
이웃에게 악과 비방을 하지 아니하는 자
망령된 자를 멸시하지 아니하는 자

여호와를 두려워하는 자를 존대하는 자
마음에 서원한 것이 해로울지라도 행하는 자
이자를 받으려고 돈을 꾸어주지 아니하는 자
뇌물을 받고 무죄한 자를 해하지 아니하는 자

이러한 일을 행하는 자는
영원히 흔들리지 아니하리라

하나님을 경외하는 욥

우수 땅에 욥이라 불리는 사람이 있었는데
온전하고 정직하게 하나님을 경외하여 악에서 떠난 자라(욥1:1)

하루는 하나님의 아들들과 사탄이 하나님 앞에 온지라
사탄에게 욥과 같이 정직하고 악에서 떠난 자를 보았느냐 하시니
주께서 욥이 하는 일을 복되게 하셨으니 그렇게 하는 것이라 한다
하나님이 욥의 소유물을 다 네 손에 맡기겠다 하셨다

어느 날 욥의 자녀들이 맏아들의 집에서 음식을 먹으며 있는데
스바 사람이 갑자기 소와 나귀를 빼앗고 칼로 종들을 죽였다 하고
하나님의 불이 하늘에서 떨어져 양과 종들을 살라버렸다 하고
갈대아 사람이 낙타에게 달려들어 빼앗고 칼로 종들을 죽였다 하고
주인의 자녀들이 맏아들의 집에서 음식을 먹는데 큰바람에
집이 넘어가 청년들이 죽었다고 재난이 계속되었다

욥이 겉옷을 찢고 머리털을 밀고 땅에 엎드려
주신 이도 거두신 이도 여호와시니 그의 이름을 찬송하도다 한다

여호와께서 사탄에게 이르시되 네가 내 종 욥을 주의하여 보았느냐
그와 같이 온전하고 정직하여 하나님을 경외하며 악에서 떠난 자가
없느니라 네가 나를 충동하여 까닭 없이 그를 치게 하였어도
그가 여전히 자기의 온전함을 굳게 지켰느니라

사탄이 대답하되 주의 손을 펴서 그의 뼈와 살을 치시면
틀림없이 주를 욕하리라 하니
하나님이 욥을 사탄의 손에 맡기신다 하신다

사탄이 욥을 쳐서 그의 발바닥에서 정수리까지 종기가 나게 한지라
욥이 재 가운데 앉아 질그릇 조각으로 몸을 긁고 있다
그의 아내가 당신이 그래도 자기의 온전함을 굳게 지키겠느냐
하나님을 욕하고 죽으라 하니
욥이 그대의 말이 한 어리석은 여자의 말 같도다 한다

그 후에 욥이 입을 열어 자기의 생일을 저주하니라
이러한 자는 죽기를 바라도 죽음이 오지 아니하니
무덤을 찾아 얻으면 심히 기뻐하고 즐거워하나니
내가 두려워하는 그것이 내게 임하고
내가 무서워하는 그것이 내 몸에 미쳤구나
나에게는 평온도 없고 안일도 없고 휴식도 없고 불안만이 있구나

욥은 고통 앞에서 자신의 출생을 한탄하고 있다
믿음이 흔들리지 않게 하기 위하여 고통을 버티는
욥의 의로운 모습이로다
하나님을 욕하지 아니하고 고난을 허락하신 하나님께
항변도 하지 아니하고 하나님을 경외하는 모습이로다

잠언의 역할

"다윗의 아들 이스라엘의 왕 솔로몬의 잠언(箴言)이라" (잠1:1)
잠언(箴言)은 지혜(智慧)와 훈계(訓戒)를 알게 하며
어리석은 자를 슬기롭게 하며
젊은 자에게 지식과 근신함을 주기 위한 것이니

지혜 있는 자는 듣고 학식(學識)이 더할 것이요
명철한 자는 지략(智略)을 얻을 것이라
잠언과 비유(比喩)와 지혜 있는 자의 말과
그 오묘(奧妙)한 말을 깨달으리라

잠언은 글자 그대로
바늘 또는 침(針)과 같은 말씀이니
찢어진 마음을 바늘로 꿰매어
반반한 마음으로 정결하게 하여 주고
다쳐서 아픈 몸과 마음을 침을 놓아
낫게 하여 주는 말씀이로다

우리는 속담과 격언으로 많은 잠언을
어려서부터 배우고 들어왔다
세 살 버릇 여든 간다 공든 탑이 무너지랴
콩 심은 밭에 콩 나고 팥 심은 밭에 팥 난다

성숙한 사랑

솔로몬과 술람미가 부모를 떠나
남자와 여자에게 주신 선물 주고 받으려
달콤하고 긴 순간이 활짝 피었다

내 사랑하는 자는 내게 속하였고
나는 그에게 속하였도다(아2:16)
술람미 마음 속에 사랑이 싹텄다

나는 내 사랑하는 자에게 속하였고
내 사랑하는 자는 내게 속하였으며(아6:3)
솔로몬이 나를 사모하는구나(아7:10)
이제는 내 사랑 활짝 피었도다

내 사랑하는 자야 우리 함께 들로 가서 유숙하고
일찍 일어나 포도움이 돋는지
석류꽃이 피어 있는지 보자꾸나
거기에서 내 사랑을 주리라(아7:11-13)
자기 중심에서 그리스도 중심으로
성숙해진 사랑이로다

청년들아 창조주를 기억하라

헛되고 헛되며 헛되고 헛되니 모든 것이 헛되도다(전1:2)
아무도 가져 보지 못한 지혜의 소유자요
온갖 부귀를 다 누려본 이스라엘의 왕 솔로몬은 젊은이들에게
세상에 모든 일은 헛되니 하나님께 소망을 가지라 권면한다

원하는 것 즐거운 것 다하여 보아도 헛되다(2:10-11)
어리석은 자나 지혜로운 자나 다 죽게 되니 헛되다(2:12-16)
수고하여 얻은 결과를 물려주게 되니 헛되다(2:18-19)
하나님은 죄인의 노고로 얻은 것을 기뻐하는 자에게 주시니
이것도 헛되도다(2:26)
사람이 짐승과 같이 죽으니 헛되도다(3:19)
모든 수고와 재주로 이웃에게 시기를 받으니 헛되다(4:4)
아들도 형제도 없으나 수고는 끝이 없으니 헛되다(4:8)
태자로 있다가 왕이 되어 백성을 잘 다스려도 후임 왕이나
백성들이 기뻐하지 아니하니 헛되도다(4:16)
사람이 은으로나 풍요로 만족하지 아니하니 헛되다(5:10)
백성을 괴롭힌 악한 권력자가 죽어 장사 지내고 돌아오면서
그를 칭찬하는 사람이 있으니 헛되도다(8:9)
악인의 일로 벌 받는 의인이 있고
의인의 일로 상 받는 악인이 있으니 헛되도다(8:14)
사람이 살다 보면 캄캄한 날도 다가오리니 헛되도다(11:8)

청년이여 어릴 때를 즐거워하거나 기뻐하지 말고

근심과 악이 네 몸에서 물러가게 하라
어린 시절 청년의 시절은 다 지나간 일이니 헛되도다(11:9-10)
그러나 범사에 기한이 있고 천하만사가 다 때가 있으니
하나님 허락하여 주신 삶을 즐겁게 살라(3:1-22)
어느 지방에서든지 빈민을 학대하는 것과 정의를 짓밟는 것을
이상히 여기지 말라 더 높은 분이 감찰하시고 계시다(5:8)
잔칫집 가는 것보다 초상집을 가서 근심하는 마음으로
너희 삶을 돌아보라(7:1-7)
하나님은 우리에게 두 가지 일을 번갈아 겪게 하시니
형통한 날에는 기뻐하고 곤고한 날에는 되돌아보아
지혜롭게 살라(7:11-14)
마음은 올무와 같고 손은 포승 같은 여인(어리석음)은 무서우니
지으심 받은 대로 정직하고 어리석지 말라(7:23-29)
왕의 명령을 따르라 그리하면 불행을 면하나
때와 옳고 그름은 분명히 판단하는 지혜를 가지라(8:1-8)
죽은 파리가 향기름을 악취 나게 하듯 우매함이
지혜와 존귀를 난처하게 한다(10:1-11)
청년들아 창조주를 기억하라 영은 하나님께 돌아가리니
하나님을 경외하고 그의 명령을 지키라(12:1-14)
하나님께서 함께하시지 않는다면
우리들이 하는 모든 일은 의미 없어
헛되고 공허하며 소망이 없도다

거룩한 길

광야와 메마른 땅이 백합화같이 피어 레바논의 아름다움이
하나님의 아름다움을 보리라
너희는 약한 손을 강하게 하며 굳세어라 두려워하지 말라
하나님이 오사 갚아 주실 것이라(사35:1-4)

그때에 맹인의 눈이 밝아지고
못 듣는 사람의 귀가 열릴 것이며
저는 사람은 사슴같이 뛸 것이며
황무지에서 물이 솟고 시냇물이 흐를 것이요
뜨거운 사막, 메마른 땅이 변하여 풀밭이 될 것이라(사35:5-7)

거기에 큰 길이 있어 거룩한 길이라 하리니
오직 구속함을 받은 자들을 위하여 있게 될 것이니
그 길에는 사자가 없고 사나운 짐승도 없으리라
여호와의 속량함을 받은 자들이 노래하며 시온에 돌아와
영원히 기쁘고 즐거워하니 슬픔과 탄식이 사라지리로다(사35:8-10)

죄악으로 황무지처럼 부서진 이 세상을
하나님은 다시금 에덴동산처럼 회복시킬 것이요
남은 자들은 하나님의 존전(尊前)에서 영생을 누리리로다

여호와를 떠난 자와 의지하는 자

무릇 사람을 믿으며 육신으로 그의 힘을 삼고
마음이 여호와에게서 떠난 그 사람은 저주를 받을 것이라

그는 사막의 떨기나무 같아서 좋은 일이 오는 것을 보지 못하고
광야 건조한 곳, 건건한 땅, 사람이 살지 않는 땅에서 살리라

그러나 무릇 여호와를 의지하며 여호와를 의뢰하는 사람은
물가에 심긴 나무가 그 뿌리를 강변에 뻗치고
더위가 올지라도 두려워하지 아니하며 그 잎이 청청하며
가무는 해에도 걱정이 없고 결실이 그치지 아니함 같으니(렘17:5-8)

하나님께서 온 인류에게 주시는
그 때나 지금이나 앞으로도 변함없는 귀한 말씀
혼탁한 내 마음 씻어 주시는도다

옛적 같게 하옵소서

"여호와여 우리를 주께로 돌이키소서
그리하시면 우리가 주께로 돌아가겠사오니
우리의 날들을 다시 새롭게 하사 옛적 같게 하옵소서" (애5:21)

슬퍼 울 수밖에 없는 선지자 예레미야
영광스러운 예루살렘이 함락되어
유다 백성들과 함께 절망의 늪에 빠져 울도다
눈은 눈물에 상하고 창자는 녹아 쏟아지니 이는
내 백성이 패망하여 어린 아이들이 기절하였음이라

예레미야는 신실한 자들에게 극심한 재난 속에서도
하나님을 앙망하기를 그치지 말라고 격려하고
하나님은 자신과 맺은 언약을 반드시 지키시는 분이시며
무한하신 사랑을 끝까지 베푸시는 분이라 하며
하나님께 기도하도다

예레미야의 이 간절한 기도로 이스라엘은 회복되었고
하나님은 예전보다 더 좋은 하나님의 나라를 베풀어 주셔
우리가 멸망의 슬픔이 없는 영원무궁하게 평안을 누리리로다

죄에서 돌이키면

악인이 만일 그가 행한 모든 죄에서 돌이켜 떠나
내 모든 율례를 지키고 정의와 공의를 행하면
반드시 살고 죽지 아니할 것이라
그 범죄한 것이 하나도 기억함이 되지 아니하리니
그가 행한 공의로 살리라(겔18:21-22)

삶과 죽음은 누구에게나 있는 두 가지 길
하나님은 인간이 살기를 원하시며
죄 때문에 죽기를 원하지 아니하신다

회개는 생명으로 나가는 길이요
새 마음과 새 심령을 얻고 죄에서 돌아서서
하나님께로 나아가는 영광된 길이로다

마음먹고 굳게 행하면 회개의 길 열리는데
마음 연약해 성령님께 구하면
생명의 길로 인도하여 주시리라

다니엘의 변함없는 기도

바벨론의 벨사살왕이 죽임을 당하자
바사의 고레스왕의 휘하에 있는
메대 사람 다리오가 함락된 바벨론을 통치하였다

다리오는 고관 120명을 세우고 그들 위에 총리 셋을 두었는데
그 중에 다니엘은 마음이 민첩하여
총리들과 고관들 중에 뛰어나 전국을 다스리게 하였다

총리들과 고관들이 다니엘을 제거할 방법을 찾아냈으니
누구든지 30일 동안에
왕 외의 어떤 신이나 사람에게 무엇을 구하면
사자굴에 던져 넣기로 하여
도장을 찍어 그 법을 고치지 못하게 하였다

"다니엘이 이 조서에 왕의 도장이 찍힌 것을 알고도
자기 집에 돌아가서는 윗방에 올라가
예루살렘을 향한 창문을 열고 전에 하던 대로
하루에 세 번씩 무릎을 꿇고 기도하며
그의 하나님께 감사하였더라" (단6:10)

우상숭배가 나라를 멸망시킨다

"음행과 묵은 포도주와 새 포도주가 마음을 빼앗느니라"(호4:11)

하나님을 버리고 우상을 숭배한
이스라엘은 완강한 암소처럼 순종하지 아니하여
하나님께서 먹이지 아니하시니
우상숭배로 부끄러움을 당하리라

호세아 당시 이스라엘의 모습은
오늘날 우리와 크게 다르지 아니하니
물질적 풍요를 하나님처럼 떠받들고
영적인 것보다 육적인 것을 앞세우니
이것이 우상숭배로다

우상숭배로 나라가 멸망한다는 신앙적 교훈을
오늘 우리는 되새기며 말씀을 따라 살아야 하는데
팔십이 되어서도 고치기 힘들어 기도하며 사노라

이른 비와 늦은 비

"시온의 자녀들아
너희는 너희 하나님 여호와로 말미암아
기뻐하며 즐거워할지어다
그가 너희를 위하여 비를 내리시되
이른 비를 너희에게 적당하게 주시리니
이른 비와 늦은 비가 예전과 같을 것이라" (욜2:23)

하나님은 너희에게 의로움을 가르쳐 주실 스승을 주시고
그 스승이 너희를 하나님 앞에 중보하여 주실 것이니
너희는 이를 기뻐하고 즐거워하라

내가 이스라엘과 함께 있어
너희 하나님 여호와가 되고
너희는 다른 이가 없음을 알 것이라

이른 비와 늦은 비를 주신다는 예언은
하나님이 우리를 구원하여 주실
구세주 메시아를 보내주신다는 예언이로다

유다와 이스라엘의 잘못

유다왕 웃시야(아사랴), 이스라엘 왕 여로보암 2세 때에
물질의 풍요로 타락한 유다와 이스라엘 그리고 이웃나라에
하나님의 심판을 목자 아모스를 통하여 예고하신다

다메섹은 길르앗을 압박하였고, 가사와 두로는 사로잡힌 형제를 에돔에
넘겼고, 에돔은 형제를 맹렬히 괴롭혔고, 암몬은 길르앗 임신부의
배를 갈랐고, 모압은 에돔왕의 뼈를 불살랐으므로
그들의 궁궐을 불사르리라(암1:3-2:3)

유다는 율법을 멸시하며 조상들이 거짓것(우상)에 미혹되었으므로
예루살렘 궁궐을 불사르리라(암2:4-5)

이스라엘은 은을 받고 의인을 팔며 신 한 켤레를 받고 가난한 자를
팔며 힘 없는 자의 머리를 티끌먼지 속에 넣어 발로 밟고
연약한 자의 길을 굽게 하며 아버지와 아들이 한 젊은 여인에게
다녀서 거룩한 이름을 더럽히고 모든 제단 앞에서 전당 잡은 옷 위에
누우며 그들의 신전에서 벌금으로 얻은 포도주를 마시고(암2:6-8)
아들 중에 선지자, 나실인을 하나님께서 세우셨는데
예언하지 못하게 하고 포도주를 마시게 하였으므로(암2:11-12)
나라 하나를 세워 치리니 그가 너희를 학대하리라(암6:14)
오늘 우리도 이들의 잘못을 밟고 있으니
하나님을 찾자 선을 행하자 이길 뿐이로다

오바댜의 묵시(默示)

주 여호와께서 에돔에 대하여 말씀하시니라(옵1:1)

에돔은 에서의 후손이니 야곱의 자손과는 형제간이다
에돔이 네 형제 야곱에게 행한 포학은
형제의 멸망을 기뻐하였고 환난 당하는 날에 약탈하였고
도피하는 형제들을 붙잡아 넘겨주었으니
에돔은 영원히 멸절하리라(10-14)

여호와께서 말씀하셨다
너희가 내 성산에서 탕진해 버린 것같이
여러 나라 사람이 너를 삼켜 버려 없었던 것같이 하리라(15-16)

오직 유다의 남은 자가 불과 불꽃이 되어 에돔을 불사를 것이요
사로잡혀 갔던 이스라엘의 많은 자손은 가나안 땅을 얻어
에돔을 심판하리니 그 나라가 여호와께 속하리라(17-21)

하나님은 우리를 사랑하사
독생성자 예수 그리스도를 보내시어
그를 구세주로 믿는 자를
하나님의 나라 백성으로 삼으시고 계시도다

하나님의 크신 사랑

하나님이 요나에게 니느웨로 가서 그 성읍의 악독이
내 앞에 상달되었다고 외치라 하시니
요나는 이스라엘의 대적 앗수르의 수도를 구원하라 하심에
반대방향인 다시스로 가다가 배가 풍랑을 만나 바다에 던져졌다

요나가 큰 물고기 뱃속에서 감사기도를 올리니
하나님은 삼일만에 육지에 토해내게 하시고
일어나 네게 명한 것을 선포하라 하신다

요나는 이 성읍이 40일이 지나면 무너진다고 외치니
왕과 성읍 사람들이 악행에서 떠나자
하나님은 내리려던 재앙을 내리지 아니하셨다(욘3:10)

요나가 성 밖으로 나가 초막 그늘에 앉아 있는데
박 넝쿨이 뜨거운 햇볕을 가리어 기뻐하였고
이튿날 벌레가 갈라먹어 햇볕에 죽을 지경이다

네가 수고도 아니하고 재배도 아니하였으나
하룻밤에 말라버린 이 박 넝쿨을 아꼈거든
하물며 이 큰 성읍 니느웨에는 좌우를 분변하지 못하는 자가
12만 명이요 가축도 많으니 어찌 아끼지 아니하겠느냐(욘4:10)
돌아오기를 기다려 주시는 하나님의 크신 사랑이로다

구원하시는 하나님

오직 나는 여호와를 우러러보며
나를 구원하시는 하나님을 바라보나니
나의 하나님이 나에게 귀를 기울이시리로다

나의 대적이여 나로 말미암아 기뻐하지 말지어다
나는 엎드러질지라도 일어날 것이요
어두운 데에 앉을지라도
여호와께서 나의 빛이 될 것임이로다

내가 여호와 앞에 범죄하였으니
그의 진노를 당하려니와
마침내 주께서 나를 인도하사
광명에 이르게 하시리니
내가 그의 공의를 보리로다(미7:7-9)

선지자 미가는 하나님의 백성에게
정의를 드러내며 사람에게 자비를 베풀고
하나님 앞에 겸손하라고 외치면서
대적에게 엎드러질지라도
인도하여 주실 것을 확신하고 있도다

나훔의 묵시

"여호와는 노하기를 더디 하시며 권능이 크시며
벌 받을 자를 결코 내버려두지 아니하시느니라
여호와의 길은 회오리바람과 광풍에 있고
구름은 그의 발의 티끌이로다" (나1:3)

앗수르의 수도 니느웨는 150년 전에
요나를 통하여 하나님의 은혜로 심판을 면했으나
이제는 더 이상 참을 수 없는 상태에 이르러
나훔을 통하여 하나님의 경고를 받고 있다

앗수르는 압제, 잔인, 우상숭배, 여러 악행으로
하나님은 그렇게 노하기를 더디 하시고 자비하지만
벌 받을 자를 내버려두지는 결코 아니하신다

니느웨성 안에 앗수르 사람들은
자기가 하나님의 도구로 사용됨을 모르고
이스라엘과 주변국을 압제하였도다

하박국의 굳센 믿음

여호와여 유다의 팽배한 강포와 죄악과 패역으로 분쟁이 일어나서
율법이 해이하고 정의가 시행되지 못하오니
이는 악인이 의인을 에워쌌으므로 정의가 굽게 행하여짐이니이다
(합1:2-4)

사납고 성급한 갈대아 사람(바벨론)을 일으켰나니
그들은 다 공평과 정직을 버리고 불의로
유다 백성을 압제할 것이다(합1:6-11)

비록 무화과나무가 무성하지 못하여도
나는 여호와로 말미암아 즐거워하며
나의 구원의 하나님으로 말미암아 기뻐하리니
주 여호와는 나의 힘이요
나의 발을 사슴 같게 하사
나를 높은 곳으로 다니게 하시리로다(합3:17-19)

선지자 하박국은 유다의 멸망이 불안하였으나
장차 하나님께서 질서를 바로잡아 다스릴 것을
믿음으로 기쁘고 즐겁게 살겠다는
변함없는 굳센 믿음이로다
의인은 이 믿음으로 살리로다

스바냐에게 임한 여호와의 말씀

유다왕 요시야(16대) 때에 히스기야왕의 현손(玄孫)
스바냐에게 하신 말씀이라
땅 위에 모든 것을 악인과 아울러 진멸하리라
그날은 여호와의 분노의 날이요 환난과 고통의 날이니
온 땅이 여호와의 질투의 불에 삼켜지리라(습1:1-18)

예루살렘은 패역하고 포악하도다
자기 하나님에게 가까이 나가지 아니하였고
방백들은 부르짖는 사자요 재판장들은 저녁이리요
선지자들은 경솔하고 간사하며
제사장들은 성소를 더럽히고 율법을 범하였도다(습3:1-4)

나의 하나님 여호와가 너의 가운데 계시니
그는 구원을 베푸실 전능자시라
그가 너로 말미암아 기쁨을 이기지 못하시며
너를 잠잠히 사랑하시며
너로 말미암아 즐거이 부르며 기뻐하시리라(습3:17)

나의 형벌을 제거하시고 우리 가운데서
우리를 잠잠히 사랑하고 계신 하나님을 깨닫고 나니
그 크신 은혜 그저 감사하여 찬양을 올릴 뿐이로다

너희는 성전을 건축하라

바벨론의 다리오왕 때 여호와의 말씀이 선지자 학개를 통하여
유다왕 여호야긴의 손자 유다 총독 스룹바벨과
여호사닥의 아들 대제사장 여호수아에게 임하여 이르시되
이스라엘 백성들이 포로에서 돌아와 15년이 되었는데도
때가 이르지 아니하였다며 성전 건축을 미루고 있어
많이 뿌려도 수확이 적고 먹어도 배부르지 아니하니
너희는 산에 올라가 나무를 가져다가 성전을 건축하라
그리하면 내가 기뻐하고 또 너희가 영광을 얻으리라(학1:1-8)

여호와께서 총독과 대제사장과 남은 모든 백성이
선지자 학개의 말을 듣고 마음에 감동을 받아
성전 건축을 시작하였다(학1:12-15)

성전은 건물의 화려함이 중요한 것 아니오
하나님을 사랑하는 마음이 중요하니
하나님은 성전을 통하여 예수 그리스도를 보내시고
성령님도 성전을 통하여 임재하실 것이고
예수님의 재림도 성전을 통하여 오실 것이다
우리가 하나님을 사랑할 때 우리를 성전 삼으시어
영광스럽게 하시리로다

*여호사닥의 아들 여호수아는 모세의 계승자인 눈의 아들
여호수아와 동명이인이다. 포로 후 최초의 대제사장이다.

여호와께서 천하의 왕이 되시리니

바벨론의 다리오왕 때 잇도의 손자요 베레갸의 아들
스가랴 선지자에게 하나님의 말씀이 임하니라(슥1:1)

너희 조상들이 나를 격노하게 하였을 때에
내가 그들에게 재앙을 내리기로 뜻하고
뉘우치지 아니하였으나
이제 내가 다시 예루살렘과 유다 족속에게
은혜를 베풀기로 하였나니 두려워하지 말라
너희가 할 일은 이웃과 더불어 진리를 말하며
진실하고 화평한 재판을 베풀고
마음에 서로 해하기를 도모하지 말며
거짓 맹세를 좋아하지 말라(슥8:14-17)

여호와께서 천하의 왕이 되시리니
그날에는 여호와께서 홀로 한 분이실 것이요
그의 이름이 홀로 하나이실 것이라(슥14:9)

세상의 지식과 권세는 순간적이지만
영원하신 하나님은 홀로 계시어 변치 않으시고
영원까지 우리를 지켜주실 한 분뿐이시다

하나님의 사랑을 확증하시다

포로에서 귀환한 이스라엘 백성이 하나님의 사랑을 의심하자
하나님은 선지자 말라기(여호와의 사자)를 통하여
그들의 죄를 지적하고 회개를 촉구하면서 장차 보내실 메시아를
선포함으로 격려와 소망을 주어 하나님의 사랑을 확증하신다

내가 너희를 사랑하였노라 하나 너희는 주께서 어떻게 우리를 사랑하셨나이까 하는도다
에서는 야곱의 형이지만 야곱을 사랑하였다(말1:2)

내 이름을 멸시하는 제사장들아 아들은 아버지를 종은 그의 주인을
공경하나니 내가 아버지일진대 나를 공경하지 아니하였으나
너희는 어떻게 주의 이름을 멸시하였나이까 하는구나(말1:6-2:9)

너희는 한 아버지를 가지었고 한 아버지께서 지음을 받았는데
어찌하여 너희 각 사람이 자기 형제에게 거짓을 행하여
조상들의 언약을 욕되게 하느냐(말2:10-16)

너희가 말로 여호와를 괴롭게 하고도 우리가 어떻게 여호와를
괴롭혀 드렸나이까 하는도다
이는 너희가 말하기를 모든 악을 행하는 자는 여호와의 눈에 좋게
보이며 그에게 기쁨이 된다 하며 또 말하기를 정의의 하나님이
어디 계시냐 함이니라(말2:17-3:5)

조상들의 날로부터 너희가 나의 규례를 떠나 지키지 아니하였도다
그런즉 내게로 돌아오라 그리하면 나도 너희에게로 돌아가리라 하니
너희는 어떻게 하여야 돌아가리까 하는도다(말3:6-12)

너희가 완악한 말로 나를 대적하고도 무슨 말로 주를 대적하였나이
까 하는도다(말3:13-18)

보라 용광로 불같은 날이 이르리니
교만한 자와 악을 행하는 자는 다 지푸라기 같을 것이라
내 이름을 경외하는 너희에게는 공의로운 해가 떠올라서
치료하는 광선을 비추리니 너희가 외양간에서 나온 송아지같이 뛰리라
너희는 내가 호렙에서 온 이스라엘을 위하여 내 종 모세에게 명령한
법 곧 율례와 법도를 기억하라(말4:1-6)

바사(페르시아), 헬라, 하스모니아, 로마의 식민통치를 거치는 동안
유다에는 하나님의 말씀이 없는 어두운 400여 년이 지나자 말씀대로
엘리야(세례 요한)가 광야에서 외치고
메시아이신 예수 그리스도가 오셔 복된 말씀을 선포하였도다

회개하라

예수께서 비로소 전파하여 이르시되
회개하라 천국이 가까이 왔느니라 하시더라(마4:17)

하나님 다스리시는 나라의 왕이 군림하시어
하나님의 나라가 시작되었으니
메시아에 대하여 잘못 알고 있는 것을 고치고
그 왕을 진정한 구주로 모시어라

회개는 죄의 슬픔이나 후회나 고백이 아니라
내 마음을 근본적으로 고치는 단호한 결정으로
일생 일대 한 번뿐인 하나님 주신 귀한 은혜로다

오순절에 유대인의 회개(행2:36-37)가 그러했고
다메섹 길 위에서 사울의 회개(행9:1-9)가 그러했다

지은 죄 사하여 주심을 간구함이 회개로 잘못 알고
입에서 나오는 말로 말씀을 능가하려는데
범죄와 타락이 되풀이 되었으니
하나님께로 돌아가는 일이 아주 급하도다

내 마음 정했어요

말씀을 옮겨놓기만 하였지만
이제부터는 조금씩 마음에 새겨
그대로 행하기로 내 마음 정했어요

온유한 마음을 먹는다
의롭게 살려고 힘쓴다
남과 다투지 말고 화평하려고 한다

사람들 일로 분노하지 아니한다
다른 사람을 불쌍히 여긴다
내일 일을 염려하지 아니한다

생명으로 인도하는 좁은 길을 걷는다
은밀한 중에서 기도한다
하나님 아버지의 뜻대로 행한다(마 5장, 6장, 7장)

목자 없는 양 같은 무리

예수께서 나오사 큰 무리를 보시고 그 목자 없는 양 같음으로 인하여
불쌍히 여기사 이에 여러 가지로 가르치시더라(막6:34)

예수님은 열 두 제자들을 둘씩 둘씩 보내어 전도하고 돌아와 행하고
가르친 것을 낱낱이 듣고 제자들을 한적한 곳에 가서 쉬게 하시고
나와서 큰 무리를 보시고 하신 말씀을 마가는 기록하였다

정치지도자들은 나라를 잘 다스려 백성을 안전하게 하고
종교지도자들은 성령님의 인도하심 따라 평안하게 하여
백성들이 선한 목자를 만난 양떼들같이 살기를 바라나이다

오늘 우리는 생명을 노리는 무기들이 다 모여들어 있고
각국의 통치자들은 자기의 탐욕에만 빠져 있어 불안한데
탐욕이라는 우상에 빠져 있음을 불쌍히 여겨 주시옵소서

새 언약의 대제사장이신 예수 그리스도께 간구하오니
삼천리 반도 금수강산 하나님 주신 동산
이 나라와 이 민족을 은혜로써 구하여 주소서

애초부터 지켜보고 계신 하나님

이에 일어나서 아버지께 돌아가니라
아직도 거리가 먼데 아버지가 그를 보고 측은히 여겨
달려가 목을 안고 입을 맞추니(눅15:20)

둘째 아들이 분깃을 미리 받아 먼 나라에 가서
허랑방탕 낭비하고
돼지 먹이는 머슴으로 일하면서도
배가 고파 돼지가 먹는 쥐엄 열매도 먹지 못하여
"아버지에게 용서를 빌고 품꾼으로 삼아달라고 하자"라고
결심을 하고 무거운 걸음으로 집으로 오고 있다

아버지는 아들보다 먼저 아들을 보았고
아버지는 아들보다 먼저 달려오셨고
아버지는 아들보다 먼저 용서하여 주셨도다

하늘에 계신 우리 아버지께서는
땅에 계신 아버지보다 더 먼저
아니, 애초부터 지켜보고 계셨도다

성자 하나님

세상에 오셔 사람에게 비추는 참빛
완전, 진정, 이상적이신 빛이신데
세상을 지으셨건만 사람들이 알지 못하였고
자기 땅에 오셨건만 그의 백성이 영접 아니했도다

영접하는 자 곧 그 이름을 믿는 자
하나님의 자녀가 되는 권세를 주셨으니
이 자녀들은 혈통, 육정, 사람의 뜻 아닌
오직 하나님의 뜻으로 사랑과 성령으로
난 자들이니라

성자 하나님은
말씀이 육신이 되어 우리 가운데 계시매
아버지의 특별한 사랑을 받는 아들이요
아버지께서 베풀어 주신 사랑과 공명정대함이
넘쳐 흐르도다(요1:9-14)

간절한 마음으로 말씀을 받고

베뢰아에 있는 사람들은 데살로니가에 있는 사람들보다
더 너그러워서 간절한 마음으로 말씀을 받고
이것이 그러한가 하여 날마다 성경을 상고하므로(행17:11)

재판관이 정의로운 판결을 하려고 철저히 사건을 탐구하듯
정직한 믿음의 지식을 얻기 위하여 성경을 자세히 읽고
말씀을 간절한 마음으로 받아들이라는 말씀이로다

바울이 신앙과 학문의 자세를 혼동하고 있는 것 아닐 터
너그럽고 간절한 마음으로 설교 말씀을 듣고
조용히 마음 속에서 다시 한 번 생각하여 보고
성경 말씀을 자세히 살펴보라는 권고의 말씀으로 들린다

오늘 우리가 예배 올리는 자세가
길가에 뿌려진 씨가 되지 아니할까
하늘 보좌에 그윽한 향기로 가득할까
조심스럽게 염려가 되도다

제발 베뢰아 교인들과 같이
간절한 마음으로 말씀을 받고
성경을 상고하며 기다리고 싶도다

마음에 새긴 율법

"율법 없는 이방인이 본성으로 율법의 일을 행할 때에는
이 사람은 율법이 없어도 자기가 자기에게 율법이 되나니
이런 이들은 그 양심이 증거가 되어 그 생각들이 서로
혹은 고발하며 혹은 변명하여
그 마음에 새긴 율법의 행위를 나타내느니라"(롬2:14-15)

사도 바울이 로마인에게 한 말이지만,
로마인이나 우리 배달민족은 모두 하나님이 직접 쓰신
돌판 율법을 받지 아니한 이방인이다
로마인은 철학에 힘입어 본성으로부터 나오는 양심이
마음에 새긴 율법으로의 역할을 하였듯이
우리는 타고난 성품으로부터 우러나오는 양심이
성현들의 가르침으로 윤리와 도덕으로 마음 판에 새겨져
율법의 역할을 하였도다
인간은 옳고 그름을 본성 안에 있는 양심이 결정한다(스토아학파)
문명하고 자주성 있는 자는 자신을 율법 삼아 행동한다(아리스토텔레스)
하늘의 뜻에 순종하면 살고 거역하면 죽는다(공자)
악을 행한 자는 사람이 해치지 않아도 하늘이 반드시 벌한다(장자)

우리가 더 나아가 성령님의 도움을 받는다면
하나님의 소유가 되어 대자연을 다스리는
하나님의 나라 일꾼이 될 것이로다

그리스도는 하나님의 능력

우리는 십자가에 못 박힌 그리스도를 전하니
유대인에게는 거리끼는 것이요
이방인에게는 미련한 것이로되
오직 부르심을 받은 자들에게는 유대인이나 헬라인이나
그리스도는 하나님의 능력이요 하나님의 지혜니라(고전1:23-24)

기적을 일으켜 로마를 멸망시켜 다윗시대의 영광을 바라는
유대인에게는 연약한 모습의 그리스도가 믿을 자가 못되고
그리스도를 배척하는 철학을 가지고 있는
헬라인을 비롯한 이방인들은 신으로 오셨다는
그리스도가 사람들에게 죽음을 당하니
그를 믿는 것은 미련한 일이라고 하지만
사도 바울은 우리가 전하는 복음을 통하여
하나님의 부르심을 듣고 그리스도를 믿는 자에게는
그리스도가 하나님의 능력과 지혜가 된다고 한다

복음을 듣고 성령님의 인도로 예수님을 구세주로 믿고
말씀을 따라 하나님을 공경하면서 살아가는 길에
우리 주 예수 그리스도는 하나님의 능력이요 지혜로다

심히 큰 능력 하나님께 있음

우리가 이 보배를 질그릇에 가졌으니
이는 심히 큰 능력은 하나님께 있고
우리에게 있지 아니함을 알게 하려 함이라(고후4:7)

사도 바울은 우리가 하나님께 비하면
연약한 질그릇이고 복음은 보배이니
사람이 그리스도를 마음 안에 모시면
크신 능력과 생명력 주심을 깨닫는다 하였다

우겨 쌈 당하여도 싸이지 아니하며
답답함 당하여도 낙심치 아니하며
박해를 받아도 버린 바 되지 아니하고
거꾸러뜨림을 당해도 멸망하지 아니하고
오히려 그리스도의 생명력이 넉넉하도다

무녀리 같은 이 몸도 살아온 길 돌아보면
산전수전 겪음 속에 고비마다 손잡아 주신
그 크신 하나님의 능력을 감사하며 살도다

성령을 따라 행하라

내가 이르노니 성령을 따라 행하라
그리하면 육체의 욕심을 이루지 아니하리라(갈5:16)

구속함을 받은 자유자인 성도는
자신의 자유를 절제하는 가운데
의로운 생활을 하여야 성령의 열매를 맺는다

성령의 길과 탐욕의 길 두 갈래 길에서
성령의 길로 가면 탐욕에서 벗어나리라

바닷가 광활한 수평선, 간척지 넓은 풀밭
그리고 우거진 산기슭 달려보면 안다
넓은 바다 갈매기, 푸른 벌 그윽한 향기
이름 모를 아름다운 꽃 반겨주는 모든 미소
어느 사이로 육신의 탐욕이 자리하랴

환난의 영광

그러므로 너희에게 구하노니
너희를 위한 나의 여러 환난에 대하여 낙심하지 말라
이는 너희의 영광이니라(엡3:13)

사도 바울은 복음을 위하여 옥에 갇힌 자 되었으나
에베소 교인들에게 이 일로 낙심하지 말라면서
이 복음은 말할 수 없이 위대하여 영광이라고 한다

이 복음은 하나님의 계시로 깨달은 것이고(3)
구약시대 사람들은 충분히 알지 못한 것이고(5)
이방인도 그 영화로운 기업에 참여하게 되고(6)
나를 하나님의 능력과 은혜로 사도가 되게 하였고(7)
측량할 수 없는 그리스도의 은총을 전하게 하였고(8)
영원부터 하나님 속에 감추인 것을 드러나게 하였고(9)
교회로 말미암아 하나님의 지혜를 알게 하였고(10)
그리스도를 믿음으로 담대하게 하나님께 나아가게 한다(12)

사도 바울의 환난 당함은 오늘 우리에게도
위대한 영광이로다
하나님의 크신 사랑을 확실히 믿어
대담하게 주님 말씀 따라 살아가는 용기를 주소서

주 안에서 기뻐하라

주 안에서 항상 기뻐하라 내가 다시 말하노니 기뻐하라
너희의 관용을 모든 사람에게 알게 하라
주께서 가까우시니라(빌4:4-5)

사도 바울은 로마 감옥에서
빌립보에 있는 기독교인에게 권하고 있다

세상일로 기뻐하는 것이 아니고
그리스도 때문에 성령으로 말미암아 나오는 마음으로
때를 얻든지 못 얻든지 항상 기뻐하여
여러 사람에게 너그럽게 대하여라
주님 재림이 가까이 이르렀다 말씀하고 있도다

살아온 길 되돌아보면 그렇게 이렇게 보살펴주시어
굳건하게 지금까지 살게 하여 주심에 눈시울 뜨거워
주님을 기뻐하는 마음에 즐겁도다

지혜로운 언동

외인에 대해서는 지혜로 행하여 세월을 아끼라
너희 말을 항상 은혜 가운데서 소금으로 맛을 냄과 같이하라
그리하면 각 사람에게 마땅히 대답할 것을 알리라(골4:5-6)

사도 바울이 골로새 교인들에게 언행을 지혜롭게 하여
복음 전도에 도움이 되어달라고 권고한다

사회생활 속에 불신자를 대할 때에
그들은 주님을 믿는 자의 언행을 살펴보며
믿음의 삶을 택하는 일을 결정하는 일이 있을 수 있고
잘못하면 구원의 길을 막아버리는 일도 있을 수 있다

평소 교인들과의 사이에도 부정적인 언행을 삼가고
친절하고 인자하게 언행을 하여야 하니
하나님 앞에 증인으로 섰다는 태도로 신중하게 하면
성령님의 도우심이 분명 있으리라

이른 새벽 온몸에 찬물을 뒤집어 쓴 듯 놀랐다
학창시절 배워 안 것을 서로 토론하며 느끼던 그 기쁨
늦은 나이에 말씀을 상고하며 깨달음에 기뻐 행한 말들
성령님의 도움을 간구하며 내 입을 굳게 닫는다

하나님의 말씀으로 받으라

이러므로 우리가 하나님께 끊임없이 감사함은 너희가 우리에게
들은 바 하나님의 말씀을 받을 때에 사람의 말로 듣지 아니하고
하나님의 말씀으로 받음이니 진실로 그러하도다
이 말씀이 또한 너희 믿는 자 가운데서 역사하느니라(살전2:13)

사도 바울은 데살로니가 교회가 사랑과 소망이 조화된 교회로
성장한다는 소문을 듣고 하나님께 감사하고 있다며 격려한다
하나님께서 주시는 말씀을 설교를 통하여 들을 때에
재미있는 말에만 귀를 기울이지 말고, 골라서만 듣지 말고
성심껏 기쁨으로 받아 회개하고 마음을 밝게 하면
마음 속에 힘을 효과적으로 발휘하도록 하나님께서 도와주셔
믿음 생활을 승리하게 하여 주시리라

설교하는 교역자가 완전하고 결함이 없기 때문이 아니라,
그들은 하나님의 도구로써 위대한 가치를 가지고 있기 때문이니
성도들은 교역자의 목회방식과 설교방식에
순종하는 자세를 취하라고 권면하고 있도다

주의 재림을 기다리는 건전한 태도

형제들아 우리가 너희에게 구하는 것은
우리 주 예수 그리스도의 강림하심과 우리가 그 앞에 모임에 관하여
영으로나 또는 말로나 또는 우리에게서 받았다 하는 편지로나
주의 날이 이르렀다고 해서 쉽게 마음이 흔들이거나 두려워하거나
하지 말아야 한다는 것이라(살후2:1-2)

사도 바울은 데살로니가 교회의 믿음의 역사, 사랑의 수고, 소망의
인내가 더욱 자라고 있어 칭찬하고 하나님께 감사하며
주님의 재림을 기다리는 건전한 태도를 일러주고 있다

거짓 종말론자들이 재림의 날이 언제로 이르렀다는 등 무슨 말을
하여도 마음이 흔들리지 말고 두려워하지 말고 속지 말라
그날이 이르기 전에 징조가 먼저 이르리니
불법한 자가 나타나 사탄의 활동을 따라 거짓 능력, 거짓 표적, 거짓
기적을 행하는 일이 있은 후에 이르리라(살후2:8-9)

오늘 우리들도 주님의 재림을 기다리는 건전한 태도를 가져야 한다
그날과 그때는 하나님 아버지만이 알고 계시니(마34:36)
거짓 종말론자들의 속임에 넘어가지 말고 두려워하지 말고
늘 깨어 기도하고 주님 오시는 그날까지 맡은 바 사명을 감당하고
오직 예수님만 따라 살아야 할 일이로다

믿고 의지할 만한 구주

미쁘다 모든 사람이 받을 만한 이 말이여
그리스도 예수께서 죄인을 구원하시려고 세상에 임하셨다
하였도다 죄인 중에 내가 괴수니라
그러나 내가 긍휼을 입은 까닭은 예수 그리스도께서 내게 먼저
일체 오래 참으심을 보이사 후에 주를 믿어 영생 얻는 자들에게
본이 되게 하려 하심이라
영원하신 왕 곧 썩지 아니하고 보이지 아니하고 홀로 하나이신
하나님께 존귀와 영광이 영원무궁하도록 있을지어다 아멘(딤전1:15-17)

이 말씀은 참으로 진실하여 모든 사람이 믿을 만하도다
예수님은 죄인을 구원하려고 오셨다
만일 의인을 구하려 오셨다면 의인은 한 사람도 없다 하셨으니
믿을 수 있는 사람이 아무도 없다
예수님은 죄인을 구원하여 그들의 죄를 감당하시는 일을 완성하셔
우리가 믿고 의지할 만한 분이시다

예수님은 죄인의 괴수 사도 바울을 구원하셨고
하나님은 만세의 왕이시니 변함이 없으시고
긍휼과 오래 참으심으로 지은 죄대로 벌하지 아니하시며
서로 다른 하나님 세 분이 아니라 홀로 한 분이심으로
믿고 의지할 만한 분이시로다

성경을 배우자

악한 사람들과 속이는 자들은 더욱 악하여져서
속이기도 하고 속기도 하나니
그러나 너는 배우고 확신한 일에 거하라
너는 네가 누구에게 배운 것을 알며 또 어려서부터 성경을 알았나니
성경은 능히 너로 하여금 그리스도 예수 안에 있는 믿음으로 말미암아
구원에 이르는 지혜가 있게 하느니라(딤후3:13-15)

사도 바울은 다시 로마 감옥에서 거짓 없는 믿음을 가지고 있는
디모데에게 그가 당하고 있는 환난을 위로하기 위하여 격려를 하며
성경은 능히 너로 하여금 구원에 이르는 지혜가 있게 한다고 강조한다

성경을 배우는 것은 선지자들이 하나님의 말씀을 직접 들은 말씀과
사도들이 예수님을 친히 뵙고 들은 말씀을 기록한 성경을
학술적으로 배워야 한다
특히 사도들은 성령님을 통하여 더욱 참된 증거를 기록하고 있다

디모데가 어려서부터 성경을 알았던 것같이 오랜 세월 성경을
상고하다 보면 우주과학이나 인류의 장래도 깨닫게 된다고 말한다

팔십이 되어 육신이 쇠약하니 색욕과 탐욕은 저절로 순종하게 되고
어려운 일 조금씩 실천하다 보니 하나님의 사랑 단맛을 알아가도다

선한 일에 열중하자

모든 사람에게 구원을 주시는 하나님의 은혜가 나타나
우리를 양육하시되 경건하지 않은 것과 이 세상 정욕을 다 버리고
신중함과 의로움과 경건함으로 이 세상에 살고
복스러운 소망과 우리의 크신 하나님 구주 예수 그리스도의 영광이
나타나심을 기다리게 하셨으니 그가 우리를 대신하여 자신을 주심은
모든 불법에서 우리를 속량하시고 우리를 깨끗하게 하사
선한 일을 열심히 하는 자기 백성이 되게 하려 하심이라(딛2:11-14)

사도 바울이 디도에게
순결한 삶과 하나님 앞에 의롭게 살기를 권하고 있다

우리가 선한 일에 열중하여야 하는 것은
하나님께서 은혜로 양육하시기 때문이니
어미 독수리가 어린 새끼를 훈련시킴 같도다

우리가 선한 일에 열중하여야 하는 것은
신중하고 의롭고 경건하게 살아야 하기 때문이니
믿음과 소망과 사랑은 항상 함께 재림을 기다리노라

우리가 선한 일에 열중하여야 하는 것은
그리스도께서 우리를 대신하여 죽으셨기 때문이니
그리스도를 옷 입듯이 그의 속에 숨어 살아가야 하노라

오네시모의 주인 빌레몬에게

내가 그리스도 안에서 아주 담대하게 네게 마땅한 일로 명할 수도
있으나 도리어 사랑으로써 간구하노라
나이가 많은 나 바울은 지금 또 예수 그리스도를 위하여 갇힌 자 되어
갇힌 중에서 낳은 아들 오네시모를 위하여 네게 간구하노라(몬1:8-10)

빌레몬의 종 오네시모가 주인집을 탈출하여 로마에 왔다가
바울의 전도로 주님을 믿게 되었는데
자기의 동역자인 빌레몬에게 오네시모를 보내며 간구를 한다

오네시모가 전에는 무익하였으나 이제는 나와 네게 유익하므로
네게 그를 보내오니 그는 나의 심장과 같은 귀중한 자라오
아마 오네시모가 잠시 떠나게 된 것은 너로 하여금 그를 영원히
두게 하려 함이리니
이후로는 종과 같이 대하지 아니하고 종 이상으로 곧 사랑 받는
형제로 둘 자라

네가 나를 동역자로 알진대 그를 영접하기를 내게 하듯 하고
그가 만일 네게 불의를 하였거나 네게 빚진 것이 있으면
그것을 내 앞으로 계산하라
오 형제여 나로 주 안에서 너로 말미암아 기쁨을 얻게 하고
내 마음이 그리스도 안에서 평안하게 하라

새 언약의 대제사장

그는 하늘에서 지극히 크신 이의 보좌 우편에 앉으셨으니
성소와 참 장막에서 섬기는 이시라(히8:1-2)

새로운 대제사장 예수님은 영원히 계신 분이라 임기 만료가 없으시고
항상 살아계신 분이라 하나님 아버지께 나아가는 자들을
온전히 구원을 위하여 간구하시는 대제사장이시다

우리에게 합당하시고, 거룩하시고, 악이 없으시고, 더러움이 없으시고,
죄인에게서 떠나 계시고, 하늘보다 높이 되신 분이시라
그는 단번에 자기를 드려 이루셨음이라

예수님이 십자가에 우리 죄를 대신하셔 죽으셨다가 부활 승천하시어
하늘보다 더 높은 하나님 아버지의 보좌 우편에 앉아 하나님 아버지를
섬기시는 대제사장이니 참으로 아름다운 대제사장이로다

이 아름다운 대제사장의 간구는 하나님께서 베푸신 은혜의 약속을
베푸시는 방법도 아름답도다
우리를 자유의지를 가진 자로 대하시고 구원을 어김없이 주시도다

하나님 아버지께는 사람들이 믿고 따르는 생활을 보증하시며
사람들 앞에서는 사람들이 하나님을 알아 믿고 따르게 하시도다

비방하지 말라

형제들아 서로 비방하지 말라(약4:11)

형제를 비방(誹謗)하는 자와 형제를 판단(判斷)하는 자는
곧 율법(律法)을 비방하고 율법을 판단하는 것이라
율법을 판단하면 너는 율법의 준행자(遵行者)가 아니오
재판관(裁判官)이 되는 것이라
입법자(立法者)와 재판관은 오직 하나님 한 분이시니
네가 형제를 비방하면 하나님을 대적하는 것이다

형제를 비웃고 헐뜯어 좋지 않게 말하는 것은
네 이웃 사랑하기를 네 자신과 같이 사랑하라(레19:18, 마22:39)
하신 율법을 위반한 것이니
입법자 하나님을 비방하는 일이로다

비방하여 보니 법대로 판단하여 하는 것이 아니고
편견과 악으로 폭발하듯이 헐뜯었던 것이었다
이것이 말씀을 거역함이 되는 줄 모르고
똑똑한 체를 거침없이 하였도다
심판의 날이 가까우니 남은 동안은 비방하지 않으리라

부부싸움

남편들아 이와 같이 지식을 따라 너희 아내와 동거하고
그를 더 연약한 그릇이요 또 생명의 은혜를
함께 이어받을 자로 알아 귀히 여기라
이는 너희 기도가 막히지 아니하게 하려 함이라(벧전3:7)

남편들은 여자인 아내의 신체 구조와 그 기질이 연약함을 알아
아내에게 적합하지 아니한 일을 시키지 말고
남자나 할 수 있는 이해와 포용을 아내에게 기대하지 말고
아내의 의사를 무시하고 자기 의사로 만족하려 하지 말라

아내는 자신보다 더 연약한 여자의 몸이요
또 하나님의 자녀인 남편과 아내는
하나님의 유업을 똑같이 이어 받을 자임을 알아 귀히 여기라
남편이 이렇게 하면 부부가 화목하여 가정이 평안하여서
기도가 막히지 아니한다

젊어서나 늙어서나 부부싸움을 하고 나서 생각하면
내가 아내에게 "이렇고 저렇고" 하면
아내가 "그렇고 말고" 하지 아니하고,
"저렇고 이렇고" 이어졌을 뿐이었다
기도는커녕 찬송마저 막히더라

우리가 먼저 알아야 할 일

하나님과 우리 주 예수를 알라(벧후1:2)
하나님과 주님은 그의 신기한 능력으로
생명과 경건에 속한 모든 것을 우리에게 주셨다

성경의 모든 예언은 사사로이 풀 것이 아님을 알라(벧후1:20)
예언은 사람의 뜻으로 낸 것이 아니오
오직 성령의 감동하심을 받은 사람이 하나님께 받은 것이다

너희 중에 거짓 선지자들이 있음을 알라(벧후2:1)
그들은 너희를 멸망하게 할 이단을 가만히 끌어들여
주님을 부인하고 임박한 멸망을 스스로 취하는 자들이다

말세에 조롱하는 자들이 올 것을 알라(벧후3:3)
그들이 자기의 정욕을 따라 행하며 주의 재림을 조롱하여
하늘과 땅은 창조할 때와 같이 그냥 있을 것이라 하리라

주께서는 하루가 천 년 같고 천 년이 하루 같다는 것을 알라(벧후3:8)
주님의 약속이 더딘 것이 아니라, 오래 참으사
다 멸망하지 아니하고 회개하여 구원 받기를 원하시는 것이다

하나님은 사랑이시다

사랑하는 자들아 우리가 서로 사랑하자
사랑은 하나님께 속한 것이니
사랑하는 자마다 하나님으로부터 나서 하나님을 알고
사랑하지 아니하는 자는 하나님을 알지 못하나니
이는 하나님은 사랑이심이라(요일4:7-8)

사랑은 하나님께로부터 나오는 것이기 때문에
하나님의 성품을 지닌 그리스도인의 특징이요
사랑을 실천하는 자는 하나님의 자녀임의 표시다

하나님은 사랑의 근원이시오
그리스도는 사랑의 계시이며
형제 사랑은 사랑의 실천이다

누구든지 하나님을 사랑하노라 하고 그 형제를 미워하면
이는 거짓말하는 자니
보는 바 그 형제를 사랑하지 아니하는 자는
보지 못하는 바 하나님을 사랑할 수 없느니라(요일4:20)

맞도다 나는 형제를 사랑하지 못하며
하나님을 사랑한다는 거짓말을 하고 있도다
형제 사랑, 이 어려움을 어찌 행하랴 어찌 행할꼬

미혹하는 자를 물리치는 방법

미혹하는 자가 세상에 많이 나왔나니
이는 예수 그리스도께서 육체로 오심을 부인하는 자라
이런 자가 미혹하는 자요 적그리스도니라(요이1:7)

미혹하는 자는 성도를 넘어뜨리기 위해
환난과 핍박을 하고 재물과 명예와 권세의 욕망을 준다며
기사와 이적을 보여 그럴듯한 말로 속이고 있다

과학문명의 발달과는 관계없이 더욱 발달된 방법을 쓰나
사람들은 전에 사용한 방법에 다시 미혹되기도 하고
새로운 방법에도 더 많이 미혹되어가고 있도다

그들의 방법을 연구하다가는 미혹되기 쉬우니
성경 말씀을 간절한 내 마음으로 조용히 깨달아
깨달아지는 한 말씀씩 살아가면 넉넉히 이기리로다

내가 심히 기뻐하노라

형제들이 와서 네게 있는 진리를 증언하되
네가 진리 안에서 행한다 하니
내가 심히 기뻐하노라(요삼1:3)

사도 요한은 참으로 사랑하는 가이오가
신앙생활과 일상생활을 주님의 말씀대로
잘하고 있다는 믿음의 형제들의 말을 듣고
편지를 보낸다

받은 복음대로 사랑을 행하고
진리의 길을 꾸준히 걷고
영적 성장으로 열매를 맺었기에
장차 잘했다 칭찬의 면류관을 받으리니
이보다 더 기쁜 일이 없다고 한다

사도와 참 제자 사이에 심히 기뻐함
아름다워 이보다 더 아름다움이 없도다

영생을 위하여 힘써 싸우라

예수님의 친동생 유다는 구원에 관하여 편지하려다가
거짓교사들이 헛된 것을 가르치고 있으므로
단번에 이루어 주신 영생을 위하여 힘써 싸우라는 편지를
모든 기독교인들에게 썼다

거짓교사들은 영적인 것을 중시하고 육체를 천시하므로
하나님의 은혜를 방탕으로 바꾼다(유1:4중반부)
우리 주 예수 그리스도가 사람의 몸으로 오심을 부인한다(유1:4하반부)
육체를 더럽히며 영광을 비방한다(유1:8)
하나님께서만 심판하실 일을 서슴없이 판단하고 정죄하고 비방을 한다
(유1:9-10)
기탄없이 애찬에 참여한다(유1:12)
원망과 불만을 토하며 정욕대로 행하며 자랑하며 아첨을 한다(유1:16)

벌써 마지막 때이니 너희는 사도들이 가르친 말씀을 기억하라(유1:17)
온전한 하나님의 자녀로 살아라(유1:20-21)
하나님의 사랑 안에서 믿음, 기도, 사랑, 소망을 가지고 살아라
이단에 빠진 자들을 도우라(유1:22-23)
이미 깊숙이 빠진 자는 옷깃도 스치지 말되 불쌍히 여기라

오늘날 우리도 바른 신앙 안에 있는지 힘써 살필 일이로다

새 하늘과 새 땅

이루었도다 나는 알파와 오메가요 처음과 마지막이라
내가 생명수 샘물을 목마른 자에게 값없이 주리니
이기는 자는 이것들을 상속으로 받으리라
나는 그의 하나님이 되고 그는 내 아들이 되리라(계21:6-7)

우리 주변을 둘러싸고 있는 핵무기의 두려움이
하나님 지으시고 사랑하시는 세상을 끝장낼까
이 일만은 막아달라고 예수 그리스도의 이름으로 기도 드리며
나의 작은 삶을 조심스럽게 하나님 두려워하며 살아간다

하나님은 세상을 이처럼 사랑하시고 사랑하는 성자 하나님을
이 땅에 보내시어 우리를 구원하여 주셨는데
불량한 몇몇의 손에 맡겨 끝장나게 하시랴 은근히 생각했다

오늘 주신 하나님의 크신 사랑의 말씀으로 두려움 사라지고
만군의 여호와 하나님 아버지를 새로운 마음으로 맞아 모시니
몸과 마음 미약하나 말씀을 갈망하며 살아가는 길 굳건하도다

견디고 이기는 자에게 벌써 이루어 놓으신
새 하늘과 새 땅
하나님 아버지께서 맞아 주실 것이로다

2

한 사람이 세 사람을 편안하게 해요

성령의 열매

성령의 열매는 성령이 베풀어 주는 은혜로 맺어지는 결과이다
우리 인간은 하나님 나라의 삶을 살도록 지음 받았으므로
하나님과 함께 살아야 하는데 그의 말씀을 순종하지 아니하여
영적인 하나님과의 관계가 깨졌고 그의 나라의 삶을 잃었다

하나님은 하나님의 나라를 잃게 만든 죄의 문제를 해결하려고
하나님의 아들 예수 그리스도를 이 땅에 보내주셔
그를 통해 하나님의 나라를 알게 하시고
우리의 모든 죄를 속량하시려고 십자가에 달려 돌아가시게 하셔
이제 그를 믿기만 하면 하나님의 나라를 살 수 있게 된 것이다

그런데 우리는 다 죄에 물들어 타락하고 부패하여서
육체의 노예가 되어 육체의 일 밖에는 하지 못하여
스스로의 의지나 힘으로는 주님을 믿고 살 수 없게 되어
하나님 아버지께서 우리에게 성령을 보내주셨다

성령께서 우리와 함께하시고 우리가 성령을 의지하면
성령께서 우리로 하여금 육체와 함께 그 정욕과 탐심을
십자가에 못 박게 하여 주시고
우리에게서 성령의 열매를 맺히게 하여 주실 것이다

사도 바울은 성령의 열매를 사랑과 희락(喜樂)과 화평(和平)과

오래 참음과 자비(慈悲)와 양선(良善)과 충성(忠誠)과 온유(溫柔)와
절제(節制)라고 하였다(갈5:22-23)
이 성령(聖靈)의 열매들이 하나님 나라의 삶이니 곧 믿음의 열매이다

사랑을 제일 먼저 말한 것은
뒤따르는 여덟 가지 열매들이 사랑이 있어야 가능하기 때문일 것이다
이 같은 것을 금지할 법이 없는 것은(갈5:23)
율법이 하나님으로부터 온 것이고,
성령도 하나님으로부터 오시는 분이시며,
하나님 자신이기 때문에 당연한 말씀이다

그리스도 예수의 사람들은 육체와 함께
그 정욕(열정)과 탐심(의욕)을 십자가에 못 박았으니(갈5:24)
육체의 일을 다 버린 자, 세상의 욕심을 십자가에 못 박은 사람만이
성령의 열매를 맺어 하나님의 나라 백성이 될 수 있다

헛된 영광을 구하여 서로 노엽게 하거나 서로 투기하지 말지니라(갈5:26)
헛된 영광이란
세상에서 높아지려는 허영심과 같은 것을 구하는 것으로
사람과 사람 사이를 노엽게 하고 남의 잘됨을 기뻐하지 않으며
도리어 방해를 하는 것이다
하나님의 나라를 유업으로 받지 못할 것이다(갈5:21)

완전한 사랑

남녀 사이에 사랑으로 태어나서
부모와 자녀 사이에 사랑으로 양육되고
벗들 사이에 사랑으로 성장하는데
이러한 사랑은 받기 때문에 하는 사랑이다

그러나
하나님과 우리 사이에 사랑은
하나님을 미워하여도 끝내는 사랑하시는
완전한 사랑이다

누구든지 그리스도를 믿음으로 행하는 자는
성령님이 주시는 믿음의 열매를 받게 되는데
그 중에 사랑의 열매는
하나님의 완전한 사랑을 닮아가게 하도다

꽃 두 송이

내 기린
기린 기린 내 기린
키도 크구나
기린 기린 내 기린
목도 길구나
기린 기린 내 기린
잘도 달린다
기린 기린 내 기린
정말 멋있다
개구리
개굴 개굴 개구리 노래하네
개굴 개굴 개구리 춤을 추네
이슬비 딩동댕동 실로폰이 되고
장화는 쿵쿵쿵쿵 북이 되고
개구리는 랄라라 노래 부르네

(2017. 7. 29)

*올해 초등학교 들어간 외손녀 임연희(林淵熙, 2010. 1. 4)의 선물. 그 많은 생각을 운율에 맞추어 아름답게 피워 놓은 꽃 두 송이로다

아들에게만 일러주고 싶은 말

나이 여든이라 할 일 많은데
아들에게만 일러주고 싶은 말이 있다

여자는 뼈다귀로 지음 받아 질투(嫉妬) 시기(猜忌) 속임을 가졌고
남자는 흙으로 지음 받아 여자에게 부서지기 쉽다

여자와 소인은 다루기 어려우니
가까이하면 공손치 않고, 멀리하면 원망을 한다(공자)
여러 가지 고운 말로 유혹하며 입술의 호리는 말로 꾀므로,
젊은 남자가 그를 따라간다(잠7:21-22)

사랑하는 내 아들아!
여자와 어찌 평생 같이 살까 걱정하지는 말라
천생배필(天生配匹 a match made in Heaven)로 벌써 정하셨으니
너를 돕는 배필이 있다(창2:18)

아내는 너보다 연약한 그릇이요
하나님이 주신 영원한 삶의 은혜를 함께 이어받을 자이니
귀히 여기며 살라(벧전3:7)

옛날 우리 땅에서 동이족(東夷族)으로 태어나신 공자님은
사람이지만 깊이 생각한 바를 잘 가르쳐주셨으니

하나님의 말씀을 참되게 깨닫는 데에 징검다리로 삼을 만하다

부위자강(父爲子綱)!
아버지는 아들이 그릇된 길로 빠짐을 막아주는 그물이 되라
부위부강(夫爲婦綱)!
남편은 아내가 그릇된 길로 빠짐을 막아주는 그물이 되라
부부유별(夫婦有別)!
남자가 결혼하면 아내는 집안에서 여자가 할 일을 하고
남편은 사랑방에서 일하며 때때로 배운 것을 익히라

생각하는 사람이 되어라!
그리스, 로마시대 교육의 근간은 수사학(修辭學)이었고
우리도 신언서판(身言書判)을 강조하였다
어느 분야에서든지 전문가로 되려면
매일 짧은 글이라도 써야 생각하게 된다

생각하지 아니하는 자는 읽지도 쓰지도 아니하고
떼지어 다니며 세상을 혼돈하게 할 뿐이라

바다였던 벌판 쉼터에서

내 고향 남양 앞바다 넓고 멀리 충청도 산들 아물대고
일본으로 끌려가는 삼촌, 형, 누나 실은 화륜선 지나던 먼 바다
넓은 벌판 되어 쉼터에 앉아 그리운 한봉산 모습 간신히 찾았다

한봉산 오르면 멀리 보이는 것이야 알고 있는데
바다였던 넓은 벌 멀리에서 뒷동산보다 먼
광교산 수리산 관악산이 잘 보이는 이치를 알 수 없구나

내 키보다 훌쩍 큰 갈대 바람에 춤을 추고
씀바귀 노란 꽃 흐드러지게 피어 있는 주변
보이는 잡초를 뽑으니 향기로운 살맛이 나는구나

뒷동산처럼 가까운 것 찾으려 수고하지 말고
멀리 있어도 찾기 쉬운 하나님 바라보며 살라는
귀한 말씀에 갈대들은 공손히 절하고 꽃은 향기 올린다

거장(巨匠)의 손이 닿을 때

경매장에 낡은 바이올린이 나왔다
3달러까지 부르는 사람이 있고 더 이상은 없었다
이때 한 노인이 나타나더니 바이올린의 먼지를 털고
마치 보물을 다루듯 자기의 손수건을 꺼내 구석구석 닦았다

그리고 현들을 조여 음정을 잡고 연주를 시작하였는데
그 아름다움은 천사의 음악같이 청중을 황홀하게 했다
한 곡을 끝내고 노인은 감화 깊은 음성으로 중얼거렸다
"잘 있었느냐 내 사랑하는 아들아 40년 만에 너를 만져보는구나"

그리고 다시 연주를 시작하니
경매는 갑자기 활기를 띠어
결국 이 바이올린은 3천달러에 낙찰되었다

우리는 경매장에 나온 먼지 묻은 3달러짜리 바이올린인데
우주만물을 창조하신 거장이 찾아오셔
지친 영혼과 몸을 만지시며
"내 아들아" 속삭여주는 순간 명품 바이올린이 되도다
오직 성령님이 들어오심으로 우리 마음이 변화되도다

*미국의 오래된 시 〈The touch of the Master's hand〉(지은이 Myra. B. welch)를 읽고

황금물결 치는 논을 지나가며

자동차로 가을 들녘을 지나가자니
벼 이삭이 누렇게 익어 고개 숙였고
여기 저기 억척스러운 피 이삭도 보인다

예수님께서 천국은 좋은 씨를 제 밭에 뿌린 사람과 같다는
비유를 말씀하시며
가라지를 뽑다가 곡식까지 뽑을까 염려되니
추수 때에 가라지는 먼저 거두어 불사르게 단으로 묶고
곡식은 모아 내 곳간에 넣으라 하리라(마13:24-30)
이 비유의 말씀이 기억나서
얼른 하나님은 사람을 이처럼 사랑하여 주시는 분이로구나 생각했다

이 비유는 예수님의 초림(初臨)으로 하나님의 나라는 이미 임했으나
악인들에 대한 즉각적인 심판이 유보된 채
하나님의 자녀들(알곡)과 사탄의 자녀(가라지)들이 섞여 살다가
예수님 재림(再臨) 때에 사탄의 자녀에 대한 심판과 더불어
하나님의 나라의 완전 통치인 하늘나라가 이루어질 것이라고
예수님께서 제자들에게 자세하게 설명하여 주신 말씀(마13:36-40)

이 말씀이 떠오르자 나는 그만 두려워 떨었습니다
가라지인 줄도 모르고 설치며 시기와 질투로 살아온 평생의 내 모습
두 손 모아 기도하며 뜨거운 눈물을 흘렸도다

더 나빠지지는 않을 겁니다

담당 의사로부터 이 한 마디를 듣고
마음 속으로 눈물이 흐르며
지나간 7년의 일들이 주마등(走馬燈)처럼 스쳐간다

젊은 환자에게라면 다 나았다 할 것이지만
80 노인 환자에게 더 나빠지지 않을 겁니다
이 얼마나 기쁜 소식인가

2010. 9. 14 뇌경색이 발병되어 입원치료 후
통원치료를 받아온 지 7년이 지난
2017. 9. 27 담당의사는 말하였다

병마는 나의 몸을 괴롭혔고,
사람들 병 나으면 만나자며 떠나버리고
아예 관심조차 없는 외계인의 서러움

그러나
평소 읽어 온 성경, 불경, 사서삼경을 가까이 놓고
말씀에 취하니 7년은 잠깐 지나갔도다

*담당의사는 아주대학교 병원 최문희 의사임

한 사람이 세 사람을 편안하게 해요

외손녀가 초등학교를 들어가니
맞벌이 딸 내외가 어쩔 줄을 모른다

팔십 다 된 외할머니는 용단을 내려
외손녀의 가고 오는 길을 지켜주려 나섰다

힘들어도 즐거운 마음으로 하길 바라며
노인에게 약간의 움직임이 좋을 듯했다

일년이 다 되어가는 어느 날 놀라운 말 한 마디
"한 사람이 움직여 세 사람을 편안하게 해요"

외할머니가 힘은 들어도 조금 도와주면
딸과 사위와 외손녀 세 사람이 편안하단다

부록

1. 예수님의 천국 비유
2. 예수님의 여러가지 비유
3. 예수님의 표적

1. 예수님의 천국비유

예수께서 모여든 무리들에게 천국의 비밀을 비유로 말씀하시어 집에 돌아와 제자들이 그 연유를 물으니 예수님은 천국의 비밀을 아는 것은 너희들에게는 허락되었으나 무리들에게는 허락되지 아니하여(마13:10-11) 그들이 보아도 보지 못하고 들어도 듣지 못하며 깨닫지 못하므로 비유로 말씀하신다고 하셨다.(마13:13)

우리들 또한 예수님의 제자가 아니므로 천국의 비밀을 아는 것이 허락되지 아니하였으므로 이 귀한 비유의 말씀과 비유를 친히 설명하여 주신 귀한 말씀을 한 곳에 모았다.

네 가지 땅에 떨어진 씨 비유(마13:3-8, 막4:1-9, 눅8:4-8)

씨를 뿌릴 때 더러는 길가에 떨어지매 새들이 와서 먹어 버렸고(천국 말씀을 듣고 깨닫지 못하는 자), 더러는 흙이 얕은 돌밭에 떨어지어 흙이 깊지 아니하여 곧 싹이 나오나 해가 돋은 후에 타서 뿌리가 없으므로 말랐고(말씀을 듣고 즉시 기쁨으로 받아들이되 바로 잊어버리다) 더러는 가시떨기 위에 떨어지매 가시가 자라서 기운을 막았고(말씀을 들으나 세상염려와 재물의 유혹에 말씀이 막혀 결실을 못함)

더러는 좋은 땅에 떨어지매 백 배, 육십 배, 삼십 배 결실하였다(말씀을 듣고 깨달은 자).(마13:18-23)

씨는 하나님의 말씀이요, 길가에 있다는 것은 말씀을 들은 자니 이에 마귀가 가서 그들이 믿어 구원을 얻지 못하게 하려고 말씀을 그 마음에서 빼앗는 것이요, 바위 위에 있다는 것은 말씀을 들을 때에 기쁨으로 받으나 뿌리가 없어 잠깐 믿다가 시련을 당할 때에 배반하는 자요, 가시떨기에 떨어졌다는 것은 말씀을 들은 자이나 지내는 중 이생의 염려와 재물과 향락에 기운이 막혀 온전히 결실하지 못하는 자요, 좋은 땅에 있다는 것은 착하고 좋은 마음으로 말씀을 듣고 지키어 인내로 결실하는 자니라.(눅8:9-15)

가라지 비유(마13:24-30)

천국은 좋은 씨(참된 신자)를 제 밭에 뿌린 사람(인자)과 같으니 사람들이 잘 때에 그 원수가(마귀) 와서 곡식 가운데 가라지(악한 자의 아들)를 덧뿌리고 갔더니 싹이 나고 결실할 때에 가라지도 보이거늘 집 주인의 종들이 와서 말하되 주여 밭에 좋은 씨를 뿌리지 아니하였나이까. 그런데 가라지가 어디서 생겼나이까. 주인이 이르되 원수가 이렇게 하였구나. 종들이 말하되 그러면 우리들이 가서 이것을 뽑기를 원하시나이까. 주인이 이르되 가만 두라. 가라지를 뽑다가 곡식까지 뽑을까 염려하노라. 둘 다 추수 때까지 함께 자라게 두라. 추수 때(세상 끝)에 내가 추수꾼(천사)들에게 말하기를 가라지는 먼저 거두어 불사르게 단으로 묶고 곡식은 모아 내 곡간에 넣으라 하리라.

예수님의 초림으로 하나님의 나라는 이미 임했으나, 하나님의 자녀들과 사탄의 자녀들이 섞여 살다가 예수님 재림 때에 최종심판과 하나님 나라의 완전한 통치가 실현될 것임을 교훈한 것이다.

겨자씨 한 알 비유(마13:31-32, 막4:30-32, 눅13:18-19)

가장 작은 겨자씨 한 알이 자란 후에는 큰 나무가 되어 큰 가지를 내어 공중의 새들이 깃들일 만큼 천국은 외형적으로 조금씩 이루어져 나아간다.

누룩 비유(마13:33, 눅13:20-21)

천국은 마치 여자가 가루 서 말 속에 갖다 넣어 전부 부풀게 한 누룩과 같으니 천국은 내부적으로도 조금씩 이루어져 나아간다.

밭에 감추인 보화 비유(마13:44)

천국은 마치 밭에 감추인 보화(그리스도) 같으니 사람이 이를 발견한 후 숨겨두고 기뻐하며 돌아가서 자기의 소유를 다 팔아 그 밭을 사느니라.

좋은 진주를 구하는 장사의 비유(마13:45-46)

천국은 마치 좋은 진주를 구하는 장사 같으니 극히 값진 진주(그리스도) 하나를 발견하매 가서 자기 소유를 다 팔아 그 진주를 사느니라.

물고기를 모으는 그물 비유(마13:47-50)

천국은 마치 바다에 치고 각종 물고기를 모는 그물과 같으니 그물에 가득하매 물가로 끌어내고 앉아서 좋은 것은 그릇에 담고 못된 것은 내 버리느니라.
세상 끝에도 천사들이 와서 의인 중에 악인을 갈라내어 풀무 불에 던져 넣으리니 울며 이를 갈리라.

포도원 품꾼들의 비유(마20:1-16)

천국은 마치 품꾼을 얻어 포도원에 들여보내려고 이른 아침에 나간 집 주인(하나님)과 같으니 그가 하루 한 데나리온씩 품꾼들과 약속하여 포도원에 들여보내고 제 3시(아침 9시)에도, 제 9시(오후 3시)에도, 제 11시(오후 5시)에도 품꾼으로 포도원에 들여보내 일하게 하고 날이 저물자 포도원 주인이 품꾼들을 불러 나중 온 자로부터 시작하여 먼저 온 자까지 한 데나리온씩을 주었다.

사람이 다스리는 세상의 나라에서는 사람의 공로, 능력, 인맥, 정당 심지어는 태어난 지방에 따라 대우를 받지만, 하나님의 나라에서는 이와 같은 것이 아니라, 오직 하나님께서 은혜로 대우하신다.

포도원 농부의 비유(마21:33-43, 막12:1-12, 눅20:9-19)

주인(하나님)이 포도원(이스라엘)을 만들어 산 울타리를 두르고 즙 짜는 틀을 만들고 망대를 지어 농부(제사장 교권자 바리새인)들에게 세로 주고 타국에 갔다가 열매 거둘 때가 가까우매 그 열매를 받으려고 자기 종(선지자)들을 농부들에게 보내니 농부들이 종들을 잡아 하나는 심히 때리고 하나는 죽이고 하나는 돌로 쳤거늘 다시 종들을 처음보다 많이 보내니 그들에게도 그렇게 하는지라.

후에 자기 아들(그리스도)을 보내며 존대하리라 생각하였더니 농부들이 이는 상속자니 죽이고 그의 유산을 차지하자 하고 포도원 밖에 내쫓아 죽였다.

포도원 주인이 올 때에 하나님의 나라를 너희는 빼앗기고 그 나라의 열매 맺는 백성이 받으리라.

선택 받은 이스라엘 자손들은 완고하고 불순종하여 그들 모두가 하나님의 나라의 백성이 되지 못하고, 이스라엘 자손이거나 이방인이라도 예수님이 구세주이심을 믿는 자들은 하나님의 나라 백성이 된다.

혼인 잔치 비유(마22:1-14, 눅14:15-24)

천국은 아들을 위하여 혼인잔치를 베푼 어떤 임금과 같으니, 종(세례 요한, 선지자)들을 보내어 그 청한 사람(유대인)들에게 혼인 잔치(그리스도의 혼인잔치)에 오라 하였더니 오기를 싫어하여 다시 다른 종(사도)들을 보내어 소와 살진 짐승을 잡아 오찬을 준비하리니 혼인잔치에 오소서 하라고 하였더니 그들이 돌아보지도 않고 자기 밭으로 가고 남은 자들은 보낸 종을 잡아 모욕하고 죽이니, 임금이 노하여 군대를 보내어 그 살인한 자들을 진멸하고 그 동네를 불사르고 종들에게 이르되 혼인잔치는 준비되었으나 청한 사람들이 합당하지 아니하니 사거리 길에 가서 사람을 만나는 대로 청하여 오라 하니 종들이 길에 나가 악한 자나 선한 자나 만나는 대로 모두 데려오니 혼인잔치에 손님들이 가득한지라.

임금이 손님을 보러 들어오니 예복을 입지 않은 한 사람을 보고 친구여 어찌하여 예복(그리스도를 믿음으로 의롭게 된 옷)을 입지 않고 여기 들어왔느냐 하니 아무 말도 못하거늘(심판 때에는 변명을 못한다) 임금이 사환에게 그 손발을 묶어 바깥 어두운 데로 내던지라 하니라. 청함을 받은 자는 많되 택함을 입은 자는 적으니라.

무화과나무 비유(마24:32-44, 막13:28-37, 눅21:29-38)

그 가지가 연하여지고 잎사귀를 내면 여름이 가까운 줄을 아나니 이와 같이 너희도 이 모든 일을 보거든 인자가 가까이 곧 문 앞에 이른 줄 알라. 내가 진실로 진실로 말하노니 이 세대가 지나가기 전에 이 일이 다 일어나리라. 천지는 없어질지언정 내 말은 없어지지 아니하리라.

그러나 그 날과 그 때(주님 재림하셔 심판하시는 날)는 아무도 모르나니 하늘의 천사들도, 아들도 모르고 오직 아버지만 아시느니라. 노아의 때와 같이 인자의 임함도 그러하리라.

그러므로 깨어있으라.

열 처녀의 비유(마25:1-13)

천국은 마치 등을 들고 신랑(그리스도)을 맞으러 나간 열 처녀와 같다. 그 중 다섯은 미련하여 등을 가지되 기름(성령)은 가지지 아니 하고, 다른 다섯은 슬기로워 그릇(마음)에 기름을 담아 등과 함께 가져갔더라.

신랑이 더디 오므로 다 졸며 잘새 밤중에 신랑을 맞으러 나오라 하매 처녀들이 다 일어나 등을 준비할새 미련한 자들이 슬기 있는 자들에게 우리 등불이 꺼져가니 너희 기름을 나눠달라 하거늘, 슬기 있는 자들이 우리와 너희가 쓰기에 다 부족할까 하오니 차라리 파는 자에게 가서 사라 하니, 그들이 사러 간 사이에 신랑이 오므로 준비하였던 자들은 함께 혼인잔치에 들어가고 문이 닫힌 지라 그 후에 남은 처녀들은 와서 주여 주여 우리에게 열어주소서 하나 진실로 너희에게 이르노니 너희를 알지 못하노라 하였느니라.(간절한 기도이지만 때를 놓친 기도이다)

그런즉 깨어있으라 너희는 그 날과 그때를 알지 못하느니라.(마25:1-13)

성령은 신자들이 나누어 가질 수 없고 그리스도로 말미암아 하나님께로부터 각자가 받은 것이다.(요14:16)

달란트 비유(마25:14-30)

어떤 사람이 타국에 가면서 그 종들을 불러 자기소유를 맡김과 같으니 각각 그 재능대로 한 사람에게는 다섯 달란트를, 한 사람에게는 두 달란트를, 한 사람에게는 한 달란트를 주고 떠났더니 오랜 후에 주인이 돌아와서 그들과 결산을 할새, 다섯 달란트 받았던 자는 다섯 달란트를 더 가지고 와서 주인이여 내게 다섯 달란트를 주셨는데 내가 다섯 달란트를 남겼나이다 하니, 잘하였도다 착하고 충성된 종아 네가 적은 일에 충성하였으매 내가 많은 것을 네게 맡기리니 주인의 즐거움에 참여할지어다.

두 달란트 받았던 자도 와서 주인이여 내게 두 달란트를 주셨는데 내가 또 두 달란트를 남겼나이다 하니, 그 주인이 잘하였도다. 착하고 충성된 종아 네가 적은 일에 충성하였으매 많은 것을 네게 맡기리니 네 주인의 즐거움에 참여할지어다.

한 달란트 받았던 자는 주인이여, 당신은 굳은 사람이라 심지 않은 데서 거두고 헤치지 않은 데서 모으는 줄을 알았으므로 두려워하여 나가서 당신의 달란트를 땅에 감추어 두었나이다 하니(달란트를 주신 의도를 어긴 일이다) 주인이 악하고 게으른 종아 나는 심지 않은 데서 거두고 헤치지 않은 데서 모으는 줄로 네가 알았느냐. 그렇다면 네가 마땅히 취리하는 자들에게나 맡겼다가 내가 돌아와서 내 원금과 이자를 받게 하였을 것이니라 하고 그에게 한 달란트를 빼앗아 열 달란트 가진 자에게 주라.

무릇 있는 자는 받아 풍족하게 되고, 없는 자는 그 있는 것까지 빼앗기리라.

모든 사람은 하나님께로부터 그 재능에 따라 풍성한 은사를 받았으므로 하나님을 위하여 그 달란트를 성실하게 활용하여야 한다. 그 활용 여부에 따라 마지막 때에 심판을 받게 된다.

은 열 므나 비유(눅19:11-27)

어떤 귀인이 왕위를 받아가지고 오려고 먼 나라로 갈 때에 그 종 열을 불러 은화 열 므나를 주며 이르되, 내가 돌아올 때까지 장사하라 하니라. 그런데 그 백성이 그를 미워하여 사자를 뒤로 보내어 우리는 이 사람이 우리의 왕 됨을 원하지 아니하나이다 하였다.

귀인이 왕위를 받아가지고 돌아와서 은화를 받은 종들이 각각 어떻게 장사하였는지를 알고자 그들을 부르니 그 첫째가 주인이여 당신의 한 므나로 열 므나를 남겼나이다.

주인이 잘하였다 착한 종이여 네가 지극히 작은 것에 충성하였으니 열 고을 권세를 차지하라 하고, 그 둘째가 와서 주인이여 당신의 한 므나로 다섯 므나를 만들었나이다. 주인이 그에게도 이르되 너도 다섯 고을을 차지하라 하고, 또 한 사람이 와서 주인이여 보소서. 당신의 한 므나가 여기 있나이다 내가 수건으로 싸두었나이다. 이는 당신이 엄한 사람인 것을 내가 무서워함이라. 당신은 두지 않은 것을 취하고 심지 않은 것을 거두나이다.

주인이 이르되, 악한 종아 내가 네 말로 너를 심판하노니 너는 내가 두지 않은 것을 취하고 심지 않은 것을 거두는 엄한 사람인 줄로 알았느냐. 그러면 어찌하여 내 돈을 은행에 맡기지 아니하였느냐. 그리하였으면 내가 와서 그 이자와 함께 그 돈을 찾았으리라 하고 곁에 섰는 자들에게 이르되 그 한 므나를 빼앗아 열 므나 있는 자에게 주라 하니 그들이 주여 그에게 이미 열 므나가 있나이다.

주인이 이르되 내가 너희에게 말하노니 무릇 있는 자는 받겠고 없는 자는 그 있는 것도 빼앗기리라. 그리고 내가 왕 됨을 원하지 아니하던 저 원수들을 이리로 끌어다가 내 앞에서 죽이라 하였느니라.

예수를 따르던 무리들은 이제 그분이 예루살렘에 가시기만 하면 로마를 멸망시키고 메시아 왕국을 세우실 것이라는 기대감을 가지고 있었다. 예수님은 이러한 무리들의 오해를 풀어주기 위해서 이 비유를 말씀하셨다. 비유 중에 귀인이 먼 나라로 길을 떠났다고 상징되었듯이 예수님은 고난을 다 받으신 후, 하늘 아버지께로 올라가셔서 그 중보사역을 성취하신 대가로 하나님의 우편에 앉게 되신다. 또한 온 우주를 다스리는 권세를 가지시게 되며 시간이 지난 후에 다시 오신다.

인자가 즉시 돌아오시는 것이 아니다 .

자라나는 씨 비유(막4:26-29)

하나님의 나라는 사람이 씨를 땅에 뿌림과 같으니, 그가 밤낮 자고 깨고 하는 중에 씨가 나서 자라되 어떻게 되는지는 알지 못하느니라. 땅이 스스로 열매를 맺되 처음에는 싹이요 다음에는 이삭이요 그 다음에는 이삭에 충실한 곡식이라 열매가 익으면 곧 낫을 대나니 이는 추수 때가 이르렀음이라.

하나님의 나라에 관한 비유이다. 낱알에 비교되는 작고 초라한 시작과 풍부한 결실이 이루어지는 마지막이 서로 대조를 이룬다.

하나님 나라(통치)는 예수님의 인격과 활동 속에서 시작되었다.

아직 작은 씨앗 같아서 사람 눈에 잘 뜨이지 않지만 점점 더 분명하여져 마침내 종말에는 하나님의 완전한 통치가 이루어질 것이다.

2. 예수님의 여러 가지 비유

금식에 대한 비유(눅5:34-35)

혼인집 손님들(제자들)이 신랑(예수님)과 함께 있을 때에 너희가 그 손님들에게 금식하게 할 수 있느냐. 그러나 그날이 이르러 그들이 신랑을 빼앗기리니 그날에는 금식할 것이라.(눅5:34-35)

바리새인과 서기관들이 예수님에게 요한의 제자들은 자주 금식하며 기도하고, 바리새인의 제자들도 또한 그리하는데, 당신의 제자들은 왜 금식하지 아니하느냐고 묻자, 예수님이 대답하신 말씀이다.

예수님은 장차 많은 고난을 받고 장로들과 대제사장들과 서기관들에게 버린 바 되어 죽임을 당하리니(눅9:22), 그때에는 예수님의 제자들이 금식할 것을 미리 알려 주고 있다.

그리스도의 복음에 대한 비유(눅5:36-39)

새 옷(그리스도의 복음)에서 한 조각을 찢어 낡은 옷(유대주의 의식)에 붙이는 자가 없나니 만일 그렇게 하면 새 옷을 찢을 뿐이요 또

새 옷에서 찢은 조각이 낡은 옷에 어울리지 아니하니라.

새 포도주(그리스도의 복음)를 낡은 부대(유대주의 의식)에 넣는 자가 없나니 만일 그렇게 하면 새 포도주가 부대를 터뜨려 포도주가 쏟아지고 부대도 못쓰게 되리라.

새 포도주는 새 부대에 넣어야 할 것이니라. 묵은 포도주를 마시고 새것을 원하는 자가 없나니 이는 묵은 것이 좋다 함이라.

생명력이 넘치는 그리스도의 복음을 금식 같은 낡은 의식이 감당할 수 없다.

포도주는 옛것을 좋아하는 풍습이 있으나 신앙만은 새것인 그리스도의 복음을 따르라.

이 세대 사람들의 비유(눅7:31-35)

이 세대의 사람(바리새인 율법사 종교지도자)을 무엇으로 비유할까. 무엇과 같은가 비유하건대 아이들이 장터에 앉아 서로 불러 이르되 우리가 너희를 향하여 피리를 불어도 너희가 춤추지 아니하고 우리가 곡하여도 너희가 울지 아니하였다(어울리려 들지 아니하다) 함과 같도다.

세례 요한이 와서 떡도 먹지 아니하며 포도주도 먹지 아니하매 너희 말이 귀신 들렸다 하더니, 인자가 와서 먹고 마시매 너희 말이 보라 먹기를 탐하고 포도주를 즐기는 사람이요 세리와 죄인의 친구로다 하니, 지혜(그리스도와 세례 요한)는 자기 모든 자녀(지혜를 환영하는 제자)로 인하여 옳다 함을 얻는다.

등불 비유(눅8:16-18)

누구든지 등불을 켜서 그릇으로 덮거나 평상 아래 두지 아니하고 등경 위에 두나니, 이는 들어가는 자들로 그 빛을 보게 하려 함이라. 숨은 것이 장차 드러나지 아니할 것이 없고, 감추인 것이 장차 나타나지 않을 것이 없느니라.

그러므로 너희가 어떻게 들을까 스스로 삼가라. 누구든지 있는 자는 받겠고 없는 자는 그 있는 줄로 아는 것까지도 빼앗기리라.

진리는 관심 있는 자에게는 묵상의 근거가 되어 등불처럼 빛을 발해지만, 관심 없는 자에게는 한낱 이야기에 그치므로 진리에서 멀어져 있던 빛마저 사라져 어두워진다.

자비를 베푸는 자의 비유(눅10:30-37)

예수께서 이르시되 어떤 사람이 예루살렘에서 여리고로 내려가다가 강도들 만나매 강도들이 그 옷을 벗기고 때려 거의 죽은 것을 버리고 갔더라.

마침 한 제사장이 그 길로 내려가다가 그를 보고 피하여 지나가고, 또 이와 같이 한 레위인도 그곳에 이르러 그를 보고 피하여 지나가되, 어떤 사마리아 사람은 여행하는 중 거기 이르러 그를 보고 불쌍히 여겨 가까이 가서 기름과 포도주를 그 상처에 붓고 싸매고 자기 짐승에 태워 주막으로 데리고 가서 돌보아 주니라.

그 이튿날 그가 주막 주인에게 데나리온 둘을 내어주며 이르되, 이 사람을 돌보아주라 비용이 더 들면 내가 돌아올 때에 갚으리라 하였으니 네 생각에는 이 세 사람 중 누가 강도 만난 자의 이웃이 되겠느냐, 이르되 자비를 베푼 자이니다.

예수께서 이르시되 가서 너(율법교사)도 이와 같이 하라 하시니라.

사마리아 사람은 마음을 다하여 구원하였으니 철저히 하였고 끝까지 하였고 희생적으로 하였도다.

이것이 자비(慈悲)를 베푼 것이다.

한 부자의 비유(눅12:16-21)

한 부자가 그 밭에 소출이 풍성하매 심중에 생각하여 이르되, 내가 곡식 쌓아 둘 곳이 없으니 어찌할까 하고 또 이르되, 내가 이렇게 하리라. 내 곳간을 헐고 더 크게 짓고 내 모든 곡식과 물건을 거기 쌓아두리라.

또 내가 내 영혼에게 이르되, 영혼아 여러 해 쓸 물건을 많이 쌓아 두었으니 평안히 쉬고 먹고 마시고 즐거워하자 하리라 하되, 하나님은 이르시되, 어리석은 자여 오늘 밤에 네 영혼을 도로 찾으리니 그러면 네 준비한 것이 누구의 것이 되겠느냐 하셨으니, 자기를 위하여 부요하지 못한 자가 이와 같으니라.

재물을 모으는 것도 어렵지만 바르게 쓰는 것이 더욱 어렵다.

재물뿐만 아니라 지식이나 권력도 같다.

하나님의 은혜로 된 것을 자기 힘으로 된 것이라 잘못 안 것이다.

하나님의 뜻에 맞도록 사용하여야 한다.

열매 맺지 못하는 무화과나무 비유(눅13:6-9)

한 사람(하나님)이 포도원(이스라엘나라)에 무화과나무(그 나라의 백성)를 심은 것이 있더니 와서 그 열매를 구하였으나 얻지 못한지라. 포도원 지기(그리스도)에게 이르되 내가 삼 년을 와서 이 무화과나무에서 열매를 구하되 얻지 못하니 찍어 버리라. 어찌 땅만 버리게 하겠느냐. 대답하여 이르되, 주인이여 금년에도 그대로 두소서. 내가 두루 파고 거름을 주리니 이후에 열면 좋거니와 그렇지 아니하면 찍어버리소서 하였다.

이것이 예수님이 우리를 사랑하심이니 예수님은 사랑이시다.

잃은 드라크마를 찾은 여인의 비유(눅15:8-10)

어떤 여자가 열 드라크마가 있는데 하나를 잃으면 등불을 켜고 집을 쓸며 찾아내기까지 부지런히 찾지 아니하겠느냐. 또 찾아낸즉 벗과 이웃을 불러 모으고 말하되, 나와 함께 즐기자. 잃은 드라크마를 찾아내었노라 하리라.

내가 너희에게 이르노니 죄인 한 사람이 회개하면 하나님의 사자들 앞에 기쁨이 되느니라.

잃은 아들을 되찾은 아버지의 비유(눅15:11-32)

어떤 사람에게 아들이 둘이 있는데 둘째가 아버지에게서 자기의 분깃을 미리 받아 먼 나라에 가서 허랑방탕 써버리고 마침 그 나라에 큰 흉년이 들어 돼지 기르는 사람의 돼지를 기르는데 배가 고파 돼지먹이인 쥐엄 열매를 먹어도 배가 고파 참을 수가 없어 아버지에게 돌아가려고 굳게 마음먹고 무거운 걸음을 걷는데 아직도 거리가 먼데 아버지가 보시고 달려오서 목을 안고 입을 맞추니, 아들이 아버지에게 제가 하늘과 아버지께 죄를 지었사오니 아버지의 아들이라 하지 못 하겠나이다 한다.

아버지는 종들에게 이르되 제일 좋은 옷과 가락지와 신을 가져다 입히고 살진 송아지를 끌어다가 잔치를 준비하라. 내 아들은 죽었다가 다시 살아났으며 나는 잃었던 아들을 다시 얻었노라.

일하고 돌아온 맏아들(유대인을 상징)은 노하여 집에 들어가지 않자 아버지가 나와서 너는 항상 나와 함께 있으니 내 것이 다 네 것이로되 네 동생은 죽었다가 살아났으며 내가 잃었다가 얻었기로 우리가 즐거워하고 기뻐하는 것이 마땅하니라.

선택 받았다고 이방인을 핍박하는 유대인들에게 하나님을 모시는 바른 길을 깨닫게 하여 주고, 학대 받는 이방인들에게는 하나님의 자상하시고 변함없으신 사랑을 깨닫게 하도다.

옳지 않은 청지기 비유(눅16:1-13)

어떤 부자에게 청지기가 있는데 그가 주인의 소유를 낭비한다는 말이 그 주인에게 들려 주인이 그를 불러 네가 보던 일을 셈하라 하니, 청지기가 속으로 주인이 내 직분을 빼앗으니 땅을 파자니 힘들고 빌어먹자니 부끄럽구나.

이렇게 하면 사람들이 나를 자기 집으로 영접하리라, 생각을 하고 주인에게 빚진 자들을 일일이 불러 한 사람씩 갚을 빚을 물어 기름 백말이라 하면 증서에 오십이라 쓰라고 하고, 밀 백석이라 하면 팔십이라 쓰라고 하였다.

주인이 이 옳지 않은 청지기가 일을 지혜 있게 하였으므로 칭찬(치밀하게 처리함을 칭찬)하였으니 이 세대의 아들들(불신자들)이 자기 시대(불신자의 세상)에 있어서는 빛의 아들(신자)보다 더 지혜로움(빈틈 없어 보임)이니라.

내가 너희에게 말하노니 불의한 재물(세상 재물)로 친구를 사귀라. 그리하면 그 재물이 없어질 때(죽어 소용이 없을 때) 그들(도움 받은 친구들)이 너희를 영주할 처소(하늘나라)로 영접하리라.

지극히 작은 것에 충성된 자는 큰 것에도 충성되고 지극히 작은 것에 불의한 자는 큰 것에도 불의하니라.

너희가 만일 불의한 재물(현세의 재물)에도 충성하지 아니하면누가 참된 것(내세에 누릴 영원한 축복)으로 너희에게 맡기겠느냐.

너희가 만일 남의 것(하나님에 속한 물질적 재산)에 충성하지 않으면 누가 너희의 것(하늘에 예비하신 풍성하고 참된 너희의 것)을 너희에게 주겠느냐.

집 하인이 두 주인을 섬길 수 없나니 하나님과 재물을 겸하여 섬길 수 없느니라.

청지기가 옳지 못한 방법으로 장래를 준비하듯 미래를 준비하라. 재물을 우상화하지 말고 정당하게 사용하고 하나님을 몸과 마음을 다하여 정성껏 섬겨야 한다.

부자와 거지 나사로(눅16:19-31)

한 부자가 있어 자색 옷과 고운 베옷을 입고 날마다 호화롭게 즐기더라. 그런데 나사로라 하는 거지가 헌데투성이로 그의 대문 앞에 버려진 채 그 부자의 상에서 떨어지는 것으로 배 불리려 하매 심지어 개들이 와서 그 헌데를 핥더라.

그 거지가 죽어 천사들에 받들려 아브라함의 품에 들어가고 부자도 죽어 장사되매 음부에서 고통 중에 눈을 들어 멀리 아브라함과 그의 품에 있는 나사로를 보고 아버지 아브라함이여, 나를 긍휼히 여기사 나사로를 보내어 그 손가락 끝에 물을 찍어 내 혀를 서늘하게 하소서. 내가 이 불꽃 가운데서 괴로워하나이다.

아브라함이 이르되 너는 살아있을 때에 좋은 것을 받았고 나사로는 고난을 받았으니 이것을 기억하라.

이제 그는 여기서 위로를 받고 너는 괴로움을 받느니라.

뿐만 아니라 너희와 우리 사이에는 큰 구렁덩이가 놓여있어 건너가거나 건너올 수 없게 하였느니라.

그러면 아버지여 나사로를 내 아버지의 집에 보내 내 다섯 형제에게 증언하여 이 고통 받는 곳으로 오지 않게 하소서 하니, 아브라함이 이르되 그들에게 모세와 선지자들이 있으니 그들에게 들을 지니라.

아버지 아브라함이여, 죽은 자에게서 그들에게 가는 자가 있으면 회개하리이다 하니, 아브라함이 이르되 모세와 선지자에게 듣지 아니하면 비록 죽은 자 가운데 살아나는 자가 가서 권할지라도 듣지 아니하리라.

재물을 하나님의 뜻에 따라 바르게 사용하지 못한 것을 책망한다.

과부와 재판장 비유(눅18:1-8)

어떤 도시에 하나님을 두려워하지 않고 사람을 무시하는 재판장이 있는데 그 도시에 한 과부가 있어 자주 그에게 가서 자기 원수에 대한 원한을 풀어 주소서 하되, 재판장이 얼마 동안 듣지 아니하다가 후에 속으로 생각하되 내가 하나님을 두려워하지 않고 사람을 무시하나 이 과부가 나를 번거롭게 하니 내가 그 원한을 풀어주리라. 그렇지 아니하면 늘 와서 나를 괴롭게 하리라 하였느니라.

불의한 재판장이 말한 것을 들으라.

하물며 하나님께서 그 부르짖는 택하신 자들의 원한을 풀어주지 아니하시겠느냐.

내가 너희에게 이르노니 속히 그 원한을 풀어주리라.

그러나 인자가 올 때에 세상에서 믿음을 보겠느냐.

불의한 재판장도 원한을 풀어달라고 계속 간청하는 과부의 원한을 풀어 주었는데, 어찌 선하신 하나님께서 성도의 부르짖는 기도를 들어주시지 아니하시겠느냐.

그러나 그리스도의 재림에 앞선 말세에 진실된 믿음이 식어질 것이다.

바리새인과 세리 비유(눅18:9-14)

바리새인과 세리 두 사람이 기도하러 성전에 올라가서 바리새인은 하나님이여 나는 토색, 불의, 간음을 하는 자들과 같지 아니하고, 세리와도 같지 아니함을 감사하나이다. 이레에 두 번씩 금식하고 십일조를 드리나이다 하고, 세리는 멀리 서서 감히 눈을 들어 하늘을 쳐다보지도 못하고 다만 가슴을 치며 이르되, 하나님이여 불쌍히 여기소서 나는 죄인이로소이다 하였느니라.

내가 너희에게 이르노니, 세리가 의롭다 함을 받고 그의 집으로 내려갔느니라. 무릇 자기를 높이는 자는 낮아지고 자기를 낮추는 자는 높아지리라.

기도에 대해서 뿐만 아니라 스스로 판단하는 일과 하나님을 가까이 하는 일에 겸손해야 한다.

그리고 형식의 종교와 마음의 종교를 비교하여 통회(痛悔)함 만이 사죄와 화평의 유일한 길이다.

3. 예수님이 보여주신 표적

예수님의 초자연적 능력의 표적(表蹟, Sine)은 하나님의 아들 되심과 메시아임을 증거하고 있다.

표적이란 인간계(人間界)에 나타나서 육안으로 볼 수 있는 진리의 상징으로 신의 현존과 능력의 징조이다.

바람과 물결을 잔잔하게 하시다(눅8:22-25, 마8:23-27, 막4:35-41)

하루는 제자들과 함께 배에 오르사 그들에게 이르시되, 호수 저편으로 건너가자 하시매 이에 떠나 행선할 때에 예수께서 잠이 드셨더니 마침 광풍이 호수로 내리침에 배에 물이 가득하게 되어 위태한 지라 제자들이 나아와 깨워 이르되, 주여 주여 우리가 죽겠나이다, 한대 예수께서 잠을 깨사 바람과 물결을 꾸짖으시니 이에 그쳐 잔잔하여지더라.

제자들에게 이르시되, 너희 믿음이 어디 있느냐 하시니, 그들이 두려워하고 놀랍게 여겨 서로 말하되 그가 누구이기에 바람과 물을 명하매 순종하는가 하더라.

예수님은 하나님의 아들로 모든 피조물을 지배하는 능력을 가지고 계시다.

귀신들린 사람을 고치시다(눅8:26-39, 마8:28-34, 막5:1-20)

제자들이 갈릴리 맞은 편 거라사인의 땅에 이르러 예수께서 육지에 내리시매 그 도시 사람으로서 귀신들린 자 하나가 예수를 만나니, 그 사람은 오래 옷을 입지 아니하며 집에 거하지도 아니하고 무덤 속에 거하는 자라 예수를 보고 부르짖으며 그 앞에 엎드려 불러 이르되, 지극히 높으신 하나님의 아들 예수여 당신이 나와 무슨 상관이 있나이까 당신께 구하노니 나를 괴롭게 하지 마옵소서 하니 이는 예수께서 이미 더러운 귀신을 명하사 그 사람에게서 나오라 하셨음이라.

예수께서 네 이름이 무엇이냐 물으신즉 이르되, 군대라 하니 이는 많은 귀신이 들렸음이라. 무저갱(無底坑)으로 들어가라 하지 마시기를 간구하더니 마침 그곳에 많은 돼지 떼가 산에서 먹고 있는지라 귀신들이 그 돼지에게로 들어가게 허락하심을 간구하니 이에 허락하시니 귀신들이 그 사람에게서 나와 돼지에게로 들어가니 그 떼가 비탈로 내리달아 호수에 들어가 몰사하거늘 치던 자들이 그 이루어진 일을 보고 도망하여 성내와 마을에 알리니, 사람들이 그 이루어진 일을 보러 나와서 예수께 이르러 귀신 나간 사람이 옷을 입고 정신이 온전하여 예수의 발치에 앉아 있는 것을 보고 두려워하거늘 귀신들렸던 자가 어떻게 구원 받았는지를 본 자들이 그들에게 이르매 거라사인의 땅 근방 모든 백성이 크게 두려워하여 예수께 떠나가시기를 구하더라.

예수께서 배에 올라 돌아가실새 귀신 나간 사람이 함께 있기를 구하였으나 예수께서 그를 보내시며 이르시되, 집으로 돌아가 하나님이 네게 어떻게 큰 일을 행하셨는지를 말하라 하시니, 그가 가서 예수께서 어떻게 큰일을 행하셨는지를 온 성내에 전파하니라.

하나님이 한 불행한 인간을 위해 예수님을 통해 큰일을 하셨다.

야이로의 딸과 예수의 옷에 손을 댄 여자를 고치시다

(눅8:40-56, 마9:18-26, 막5:21-43)

예수께서 돌아오시매 무리가 환영하니 이는 다 기다렸음이라. 이에 회당장인 야이로라 하는 사람이 와서 예수의 발 아래 엎드려 자기 집에 오시기를 간구하니, 이는 자기에게 열두 살 된 외딸이 있어 죽어감이러라.

예수께서 가실 때에 무리가 밀려들더라. 이에 열두 해를 앓는 중에 아무에게도 고침을 받지 못하던 여자가 예수의 뒤로 와서 그의 옷가에 손을 대니 혈루증이 즉시 그쳤더라.

예수께서 이르시되 내게 손을 댄 자가 누구냐 하시니, 다 아니라 할 때에 베드로가 이르되, 주여 무리가 밀려들어 미나이다.

예수께서 이르시되, 내게 손을 댄 자가 있도다. 이는 내게서 능력이 나간 줄 앎이로다, 하신대 여자가 스스로 숨기지 못할 줄 알고 떨며 나아와 엎드리어 그 손댄 이유와 곧 나은 것을 모든 사람 앞에서 말하니, 예수께서 이르시되, 딸아 네 믿음이 너를 구원하였으니 평안히 가라 하시더라.

아직 말씀하실 때에 회당장의 집에서 사람이 와서 말하되, 당신의 딸이 죽었나이다 선생님을 더 괴롭게 하지 마소서 하거늘, 예수께서 들으시고 이르시되, 두려워하지 말고 믿기만 하라. 그리하면 딸이 구원을 얻으리라 하시고 그 집에 이르러, 베드로와 요한과 야고보와 아이의 부모 외에는 함께 들어가기를 허락하지 아니하시니라.

모든 사람이 아이를 위하여 울며 통곡하매 예수께서 이르시되, 울지 말라 죽은 것이 아니라 잔다 하시니, 그들이 그 죽은 것을 아는 고로 비웃더라.

예수께서 아이의 손을 잡고 이르시되, 아이야 일어나라 하시니, 그 영이 돌아와 아이가 곧 일어나거늘, 예수께서 먹을 것을 주라 하시니, 그 부모가 놀라는 지라, 예수께서 경고하사 이 일을 아무에게도 말하지 말라 하시니라.

예수님의 자애로우심이 강조되었다. 죽은 자를 살리신 것은 부활이요, 생명이신 예수님께서 죄와 사망의 권세를 깨뜨리시는 메시아이심을 증거한 것이다. 열두 해 혈루병 걸린 여인은 예수님께 대한 절대적인 믿음을 가지고 있음을 알 수 있다.

영광스러운 모습으로 변화되시다(눅9:27-36, 마17:8, 마9:2-8)

내가 참으로 너희에게 이르노니 여기 서 있는 사람 중에 죽기 전에 하나님의 나라를 볼 자들도 있느니라.

이 말씀을 하신 후에 팔일 쯤 되어 예수께서 베드로와 요한과 야고보를 데리고 기도하시러 산에 올라가사 기도하실 때에 용모가 변화되고 그 옷이 희어져 광채가 나더라.

문득 두 사람이 예수와 함께 말하니, 이는 모세와 엘리야라 영광 중에 나타나서 장차 예수께서 예루살렘에서 별세하실 것을 말할새, 베드로와 및 함께 있는 자들이 깊이 졸다가 온전히 깨어나 예수의 영광과 및 함께 선 두 사람을 보더니 두 사람이 떠날 때에 베드로가 예수께 여쭈오되, 주여 우리가 여기 있는 것이 좋사오니 우리가 초막 셋을 짓되, 하나는 주를 위하여 하나는 모세를 위하여 하나는 엘리야를 위하여 하사이다 하되, 자기가 하는 말을 자기도 알지 못하더라.

이 말할 즈음에 구름이 와서 그들을 덮는지라. 구름 속으로 들어갈 때에 그들이 무서워하더니 구름 속에서 소리가 나서 이르되, 이는 나의 아들 곧 택함을 받은 자니 너희는 그의 말을 들으라 하고, 소리가 그치매 오직 예수만 보이더라. 제자들이 잠잠하여 그 본 것을 무엇이든지 그 때에는 아무에게도 이르지 아니하니라.

예수님의 부활과 오순절에 성령강림을 통하여 하나님의 나라가 현재의 시점에서 이루어진 사실을 가리키고 있다.(눅9:27)

예수님의 변화하셨던 사건은 예수님의 영광을 겪은 후 부활 승천하여 하나님의 우편에 앉게 되실 영광인 동시에 재림에서 실현될 인자의 영광을 예시하여 준다.

모세는 장차오실 그리스도를 예언하였고(신18:15), 엘리야는 그리스도의 선구자로 예언되었다.(말4:5-6)

귀신 들린 아이를 낫게 하시다(눅9:37-43, 마17:14-18, 막9:14-27)

이튿날 산에서 내려오시니 큰 무리가 맞을새 무리 중의 한 사람이 소리질러 이르되, 선생님 청컨대 내 아들을 돌보아 주옵소서. 이는 내 외아들이니이다. 귀신이 그를 잡아 갑자기 부르짖게 하고 경련을 일으켜 거품을 흘리게 하며 몹시 상하게 하고야 겨우 떠나가나이다. 당신의 제자들에게 내쫓아 주기를 구하였으나 그들이 능히 못하더이다.

예수께서 대답하여 이르시되, 믿음이 없고 패역한 세대여 내가 얼마나 너희와 함께 있으며 너희에게 참으리요. 네 아들을 이리로 데리고 오라 하시니, 올 때에 귀신이 그를 거꾸러뜨리고 심한 경련을 일으키게 하는지라. 예수께서 더러운 귀신을 꾸짖으시고 아이를 낫게 하사 그 아버지에게 도로 주시니, 사람들이 다 하나님의 위엄에 놀라더라.

세 제자가 산 위에서 예수님의 영광스러운 변형을 체험하는 동안 다른 제자들은 아래에서 한 아이를 괴롭히던 귀신을 쫓아내지 못해 쩔쩔매고 있었다. 이미 예수님께로부터 귀신을 쫓아내는 권능을 받았던 제자들이(마10:1) 이같이 무기력했던 것은 그들의 믿음과 기도가 부족했기 때문이다. 이에 예수님은 제자들과 아이 아버지의 불신앙(막9:22-24)을 책망하시고 귀신을 쫓아내심으로써 아이에게 은혜를 베푸셨다.

꼬부라진 여자를 고치시다(눅13:10-17)

예수께서 안식일에 한 회당에서 가르치실 때에 열여덟 해 동안이나 귀신들려 앓으며 꼬부라져 조금도 펴지 못하는 한 여자가 있더라. 예수께서 보시고 불러 이르시되, 여자여 네가 네 병에서 놓였다 하시고 안수하시니 여자가 곧 펴고 하나님께 영광을 돌리는 지라. 회당장이 예수께서 안식일에 병 고치시는 것을 분 내어 무리에게 이르되 일할 날이 엿새가 있으니 그 동안에 와서 고침을 받을 것이요, 안식일에는 하지 말 것이니라 하거늘 예수께서 대답하여 이르시되, 외식하는 자들아 너희가 각각 안식일에 자기의 소나 나귀를 외양간에서 풀어내어 이끌고 가서 물을 먹이지 아니하느냐. 그러면 열여덟 해 동안 사탄에게 매인 바 된 이 아브라함의 딸을 안식일에 이 매임에서 푸는 것이 합당하지 아니하냐.

예수께서 이 말씀을 하시매 모든 반대하는 자들은 부끄러워하고 온 무리는 그가 하시는 모든 영광스러운 일을 기뻐하더라.

자기 백성들을 사탄의 권세로부터 구출하시는 하나님의 구속적인 능력을 예시하고 있다.

수종 병든 사람을 고치시다(눅14:1-6)

안식일에 예수께서 한 바리새인 지도자의 집에 떡을 잡수시러 들어가시니 그들이 엿보고 있더라. 주의 앞에 수종(水腫) 병든 한 사람이 있는지라. 예수께서 대답하여 율법교사들과 바리새인들에게 이르시되 안식일에 병 고쳐주는 것이 합당하냐, 아니하냐.

그들이 잠잠하거늘 예수께서 그 사람을 데려다가 고쳐 보내시고 또 그들에게 이르시되, 너희 중에 누가 그 아들이나 소가 우물에 빠졌으면 안식일에라도 곧 끌어내지 않겠느냐 하시니, 그들이 이에 대하여 대답하지 못하니라.

*수종병은 몸의 조직 간격에 물이 고여 붓는 병

나병환자 열 명이 깨끗함을 받다(눅17:11-19)

예수께서 예루살렘으로 가실 때에 사마리아와 갈릴리 사이로 지나가시다가 한 마을에 들어가시니 나병환자가 열 명이 예수를 만나 멀리 서서 소리 높여 이르되, 예수 선생님이여 우리를 불쌍히 여기소서 하거늘 보시고 이르시되, 가서 제사장에게 너희 몸을 보이라 하셨더니 그들이 가다가 깨끗함을 받은지라.

그 중에 한 사람이 자기가 나은 것을 보고 큰 소리로 하나님께 영광을 돌리며 돌아와 예수의 발 아래에 엎드리어 감사하니, 그는 사마리아 사람이라. 예수께서 대답하여 이르시되 열 사람이 다 깨끗함을 받지 아니하였느냐, 그 아홉은 어디 있느냐.

이방인 외에는 하나님께 영광을 돌리러 돌아온 자가 없느냐 하시고 그에게 이르시되, 일어나 가라. 네 믿음이 너를 구원하였느니라 하시더라.

병 고침을 받은 사람들의 태도를 비교함으로써 은혜에 대한 감사 정신을 강조하고 있다.

가나의 혼례식장에서 물로 포도주를 만드시다(요2:1-11)

갈릴리 가나에 혼례가 있고 어머니도 거기 계시고 예수님도 제자들과 같이 초대를 받아 거기에 갔다.

어머니가 예수에게 이 집에 포도주가 떨어졌다고 알려주니, 예수가 어머니에게 내가 무슨 상관이 있느냐며 내 때가 아직 이르지 아니 하였나이다 한다.(어머님 급한 일 아니오니 조금만 기다려 주세요)

예수께서 둘러보시고 그 집 하인에게 두세 통 드는 돌항아리 여섯 개에 물을 채우라 하니 아귀까지 채운 지라. 이제는 떠서 연회장(宴會長)에게 갖다 주라 하신다.

예수께서 이 표적을 행하여 그의 영광을 나타내시매 제자들이 예수님을 믿으니라.

예수님이 하나님의 아들 되심과 메시아이심을 증거하셨도다.

신하의 아들을 멀리에서 고치심(요4:43-54)

예수께서 다시 갈릴리 가나에 이르시니 전에 물로 포도주를 만드신 곳이라.

왕의 신하가 그의 아들이 가버나움에서 병들었는데 고쳐달라 하니, 예수님이 그 신하에게 가라. 네 아들이 살아있다 하여, 말씀을 믿고 내려가는 길에서 종들을 만나 아들이 낫다는 말을 듣고 시간을 물어보니, 예수님이 낫다고 하신 때쯤이었더라.

표적의 배후에 숨겨진 의미는 예수님이 메시아이심을 보이고자 함이다.

오래된 병을 고치시다(요5:1-18)

예루살렘성에 있는 양문(羊門) 곁에 베데스다 못에 많은 병자들이 누워 가끔 천사가 내려와 물을 움직이게 할 때 먼저 들어가는 자는 낫게 되어 있어 그때를 기다리고 있다.

예수께서 그 누운 것을 보시고 병이 오래된 줄 아시고 이르시되, 네가 낫고자 하느냐 하시니, 병자가 주여 물이 움직일 때에 나를 못에 넣어주는 사람이 없어 내가 가는 동안에 다른 사람이 먼저 내려가나이다 하니, 예수께서 이르시되, 일어나 네 자리를 들고 걸어가라 하시니, 그 사람이 곧 나아서 자리를 들고 걸어가니라.

38년 된 병자를 고침에는 예수님에 대한 믿음이 전제되지 않고 있는데도 예수님은 주권적으로 병 고침의 은혜를 베푸셨다.

오천 명을 먹이시다(요6:1-15, 마14:13-21, 막6:30-44, 눅9:10-17)

예수께서 갈릴리 바다 건너편으로 가시니 병자들에게 하신 표적을 보고 큰 무리가 따라와 제자들과 함께 산에 올라앉으시니 유월절이라. 큰 무리가 예수님께로 오는 것을 보시고 빌립에게 어디서 떡을 사서 이 사람들을 먹이겠느냐 하시니, 빌립이 조금씩 주더라도 이백 데나리온의 떡이 부족하리라고 대답한다.

안드레가 예수께 여쭈오되, 여기 한 아이가 보리 떡 다섯 개와 물고기 두 마리를 가지고 있나이다. 그러나 그것이 이 많은 사람에게 얼마나 되겠사옵니까.

예수께서 이르시되, 이 사람들로 앉게 하라 하시니 오천 명쯤 되더라.

예수께서 떡을 가져 축사하신 후에 앉아 있는 자에게 나눠주시고, 물고기도 그렇게 그들의 원대로 주시니라.

그들이 배부른 후에 예수께서 제자들에게 남은 조각을 거두고 버리지 말라 하시니, 남은 조각이 열두 바구니에 찼더라.

그 사람들이 예수께서 행하신 표적을 보고 말하되, 이는 참으로 세상에 오신 그 선지자라 하더라.

군중을 먹이신 일은 구약의 배경 속에 살고 있는 유대인들에게 예수님이 메시아이심을 계시한다.

엘리야는 사렙다 과부에게 떡 한 조각으로 통의 가루가 떨어지지 아니하고, 병의 기름이 없어지지 아니하였고(왕상17:8-16), 엘리사는 보리떡 스무 개로 백 명을 먹였고(왕하4:42-44), 모세는 광야에서 만나를 먹였으나, 예수님은 외딴 곳에서 백성을 기적적으로 먹였다.

유대인들은 메시아가 오면 큰 잔치가 벌어질 것을 기대하고 있었다.

예수님은 엘리야, 엘리사, 모세보다 탁월한 분이시며, 하늘의 잔치를 마련한 메시아임을 공관복음(마태, 마가, 누가, 요한복음)에 모두 기록하여 강조하고 있다.

날 때부터 맹인을 고치심(요9:1-7)

예수께서 길을 가실 때에 날 때부터 맹인을 보셨다.

제자들이 이 사람이 맹인으로 난 것이 누구의 죄로 인함이니까 하니, 예수께서 이 사람이나 그 부모의 죄로 인한 것이 아니라 그에게서 하나님이 하시는 일을 나타내고자 하심이다.

침을 뱉어 진흙을 개어 그의 눈에 바르시고 실로암(보냄을 받았다) 못에 가서 씻으라 하시니, 가서 씻고 밝은 눈으로 왔다.

유대인들은 일반적으로 사람의 질병, 재난, 죽음 등이 자신의 죄나 부모의 죄 때문에 발생한다고 믿고 있었다. 이 점은 우리 민족과 같았다. 그러나 예수님은 하나님의 뜻이라고 일러주고 있다.

죽은 나사로를 살리시다(요11:1-44)

어떤 병자가 있으니, 이는 마리아와 그 자매 마르다의 마을 베다니에 사는 나사로라.

이 마리아는 향유를 주께 붓고 머리털로 주의 발을 닦던 자요, 병든 나사로는 그의 오라버니더라.

누이들이 예수께 사람을 보내어 사랑하시는 자가 병들었나이다 하니, 예수께서 들으시고 이 병은 죽을병이 아니라 하나님의 영광을 위함이요, 하나님의 아들이 이로 말미암아 영광을 받게 하려 함이라 하신다.

마르다가 예수님을 나가 맞이하며 여기 계셨더라면 내 오라버니가 죽지 아니하였겠나이다.

그러나 나는 이제라도 주께서 무엇이든지 하나님께 구하시는 것을 하나님이 주실 줄 아나이다.

예수께서 이르시되 네 오라버니가 다시 살아나리라 하시니, 마르다가 마지막 날 부활 때에는 살아날 줄을 내가 아나이다.

예수께서 이르시되, 나는 부활이요 생명이니 나를 믿는 자는 죽어도 살겠고 무릇 살아서 나를 믿는 자는 영원히 죽지 아니하리니, 이것을 네가 믿느냐 하시니, 주여 그러하외다. 주는 그리스도시오 세상에 오시는 하나님의 아들이신 줄을 내가 믿나이다.

마리아가 선생님이 오신다는 말을 듣고 급히 일어나 예수 계신 곳에 가서 뵈옵고 그 발 앞에 엎드려 주께서 여기 계셨더라면 내 오라버니가 죽지 아니하였겠나 한다.

예수께서 그가 우는 것과 또 함께 온 유대인들이 우는 것을 보시고 심령에 비통히 여기시고 불쌍히 여기사 그를 어디 두었느냐 하시니, 주여 와서 보옵소서 하니 예수께서 눈물을 흘리시더라.

예수께서 다시 비통히 여기시며 무덤에 가시니, 무덤이 굴이라 돌로 막혔거늘 돌을 옮겨 놓으라 하시니, 마르다가 주여 죽은 지가 나흘이 되었으매 벌써 냄새가 나나이다.

예수께서 내 말이 네가 믿으면 하나님의 영광을 보리라 하지 아니 하였느냐 하시니, 돌을 옮겨 놓아 예수께서 눈을 들어 우러러 보시고 이르시되, 아버지여 내 말을 들으신 것을 감사하나이다. 항상 내 말을 들으시는 줄을 내가 알았나이다. 그러나 이 말씀을 하옵는 것은 둘러선 무리를 위함이니 곧 아버지께서 나를 보내신 것을 그들로 믿게 하려 함이니이다.

이 말씀을 하시고 큰 소리로 나사로야 나오라 부르시니, 죽은 자가 수족을 베로 동인 채로 나오는데 그 얼굴은 수건으로 싸였더라. 예수께서 이르시되 풀어 놓아 다니게 하라 하시니라.

이 표적의 참된 의미는 "나는 부활이요 생명이니 나를 믿는 자는 죽어도 살겠고, 무릇 살아서 믿는 자는 영원히 죽지 아니하리니" (요11:25-26) 라는 말씀에 있다.

육체적인 죽음을 맞지 않는다는 것이 아니라, 영적인 죽음 곧 하나님의 사랑으로부터 영원히 끊어지는 죽음에 이르지 않는다는 의미이다.

송홍만 제21시집
한 사람이 세 사람을 편안하게 해요
•
지은이 / 송홍만
발행인 / 김영란
발행처 / 한누리미디어
디자인 / 지선숙
•
08303, 서울시 구로구 구로중앙로18길 40, 2층(구로동)
전화 / (02)379-4514
Fax / (02)379-4516
E-mail/hannury2003@hanmail.net
•
신고번호 / 제 25100-2016-000025호
신고연월일 / 2016. 4. 11
등록일 / 1993. 11. 4
•
초판발행일 / 2017년 12월 15일
•

•
값 10,000원
•

•
ISBN 978-89-7969-766-7 03810